U0518045

无界
●BORDERLESS

不纯世界的有序见解

夜に星を放つ

在夜晚放飞星星

[日] 洼美澄 著

董纾含 译

中信出版集团 | 北京

图书在版编目（CIP）数据

在夜晚放飞星星 / （日）洼美澄著；董纾含译 . --
北京：中信出版社，2023.9
ISBN 978-7-5217-5565-7

I. ①在… II. ①洼… ②董… III. ①短篇小说 – 小
说集 – 日本 – 现代 IV. ① I313.45

中国国家版本馆 CIP 数据核字 (2023) 第 059227 号

在夜晚放飞星星
著者： 〔日〕洼美澄
译者： 董纾含
出版发行：中信出版集团股份有限公司
（北京市朝阳区东三环北路 27 号嘉铭中心 邮编 100020）
承印者： 北京诚信伟业印刷有限公司

开本：787mm×1092mm 1/32 印张：7 字数：127 千字
版次：2023 年 9 月第 1 版 印次：2023 年 9 月第 1 次印刷
京权图字：01-2023-1471 书号：ISBN 978-7-5217-5565-7
定价：49.80 元

目录

深夜的牛油果   1

铝箔色心宿二   43

珍珠星角宿一   87

湿海   131

随星辰而行   179

参考文献   215

深夜的牛油果

真夜中のアボカド

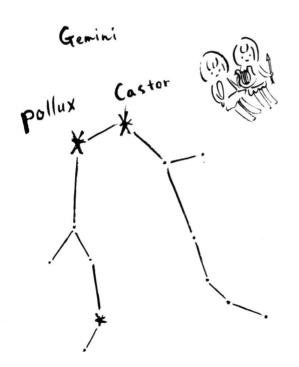

插图 ◎ 松仓香子

牛油果的种子，会发芽吗？

突然想到这个，大概是因为去年春天新冠肺炎疫情时静默的缘故吧。当时，公司早早就要求大家远程办公。尽量居家，非必要不外出。那阵子，每天也只能在电脑上见见同事而已。

不用跟着一大堆人挤地铁，太棒了！——这种想法只在一开始持续了短短一周。日子一天天过去，我开始隐隐觉得，这和软禁也没什么两样吧？那时候，樱花都已落去，而我甚至都没注意到季节变换，就那么整日关在房间里埋头工作，嘴里还时时抱怨着。可话虽如此，我还是很怕感染新冠病毒，所以平日基本都不敢外出，只偶尔去趟超市或者便利店，当是放放风。

不论远程办公如何安排，人不在公司，工作节奏必然会乱。经过一段时间的居家办公我总算知道了，平时在公司的午餐闲聊，还有下班后和同事去喝个小酒，这些在我的生活中起到了多大的放松和"喘息"功效。虽然没被疫情搞得抑郁，但我的身心状态已经堪忧。尤其是心理方面，更是脆弱不堪。就是在这一时期的某天，我正准备把早饭吃的牛油果果核扔进垃圾箱时，突然想：把这种子种下，说不定能长大呢。

我立即用手机查找到了给牛油果种子催芽的方法。牛油果可以土培，但我觉得土培有点儿麻烦，于是毫不迟疑地选择了水培。为了将牛油果种子架起来，得用几根牙签横插进种子里，接下来把它支在装满水的水杯上泡着就行了。之后就是每天换水，把水杯放在能照到阳光的地方即可。这么简单，我应该也能搞定！话是这么说，但我可是绿植杀手。再加上我看到网上的说法，很多情况下牛油果不会发芽。不过，也没关系吧，试试好了。

我将牛油果的种子放在水杯上，又把水杯摆在了办公桌上一个显眼的位置。这么一来，总感觉自己办公的时候像被一颗牛油果监视着呢。不过，我能看到它，或许还能将它一点点养大，对于现在的我来说，这种如同生命之本一般的东西真的很有必要。虽然我坚持换水，牛油果的种子却毫无变化，说不定第二天就会有起色了呢。我就这样心里念叨着，每天勤奋地为它换着水。

工作间隙和工作结束（有时是正在工作）时，我都会去查看一下LINE[1]或信息，看有没有新消息。比如和同事的LINE群里有人说"远程办公真让人心累"，我就一边应和着"就是就是"，一边查看麻生先生有没有发来新消息。如此反反复复，一天要翻看好几次。

半年前，我开始在婚恋APP上寻找恋人。去年冬天时总算看到一个合眼缘的，于是开始和对方联系。进入疫情静默期前，我们已经一块儿吃过两次饭了。麻生先生比我大两岁，今年三十四岁，是个自由程序员。实际见面的时候，我感觉他的脸和资料照片上的好不一样啊。不过，或许在他看来我也是一样的吧。麻生先生吃饭时仪态很好，穿着虽不时髦，但十分清爽，那种对女性略显生疏的感觉特别好。看他的实际身高，似乎也没有瞒报嫌疑，还十分适合戴眼镜。而且他和别人不一样，没有在吃过饭后猴急地要求去开房。

正以为自己或许能和麻生先生顺利交往下去的时候，疫情静默期来了。一开始我们暂时转为在LINE上联系，不过经常聊到一半，对方就开始说："抱歉，突然来急活了！我下次再联系你哦。"我是公司职员，所以对自由职业者有多忙这一点心里没什么数。往往只能回一句"那我等你联系哦"，其

1　一款流行于日本等地的即时通信软件，类似微信。消息会有"已读"和"未读"两种状态。——编者注（以下若无特殊说明皆为编者注）

实我也不知道这样回复是否合适。后来，我们的联系便时常中断。正当我以为这段关系就此终结时，静默期结束了，我又和往常一样开始通勤。也能出门和麻生先生见面了，不过，要戴着口罩。

"居家静默这段时间，你都干吗了呀？"我问。

"哎呀，就是工作、工作，一个劲儿地工作。"麻生先生这样回答。

但我在想，说不定他还在婚恋APP上认识了其他人，然后也去和那些人见面了呢。其实APP上这样做的人挺多的，以前我也这么做过。不过，自从见了麻生先生，我就没再和别人约会过了，因为我想和眼前这个人长久地发展下去。看他摘下眼镜揉捏着眼角，一脸的疲态，我忍不住心动起来。但我马上告诫自己：不要太喜欢麻生先生哦，万一分手了会很难受的。所以，麻生先生究竟对我有多大兴趣，有多喜欢我呢？我要是能知道他的心该多好啊。而在此期间，那颗牛油果的种子就一直浸泡在玻璃杯中，没有发生任何变化。这反而激起了我的固执劲儿，我继续坚持给它换水。

不过，每个月我还是能和麻生先生见个两三面的。梅雨结束时，我第一次去了麻生先生家。他住在东京西边近郊的一栋公寓里，或许是因为平时都在家工作的缘故吧，明明住的是宽敞的两居室，但是工作间挺乱的。而且，虽然不是故意表现，但我注意到他家的家具和灯具不是无印良品或者宜得利一类的平价货，而是走略昂贵的北欧风路线。我忍不住有些市侩地想：哎呀，自由程序员还赚得蛮多的啊。他请我去他家，我答应了，还以为是有"那个"（可以发展肉体关系）的意思，可是麻生先生只是很客气地给我泡了杯咖啡。我坐在沙发上，他坐在我旁边，我们什么都没干。不，准确来讲，我们接吻了。不过，是隔着口罩吻的。也不知道"隔着口罩接吻"这种表达究竟对不对。明明在他家那整理得很干净的洗脸池边洗了手，还漱了口，可不知为何就是错过了摘下口罩的时机。麻生先生也一样。

"小绫，我喜欢你。"

接吻前，麻生先生隔着口罩这样对我说，口罩把他的声音蒙住，听上去闷闷的。

"我也喜欢麻生先生。"

说到这儿，我握住了麻生先生的手。手握下去的瞬间，我感觉对方的身体立即僵住了。

啊，我冒失了？我这样想，但同时另一个念头盖过了我的这个想法：他是真的不习惯和女性相处呢。

即便如此，时年三十二岁的我，还是想要和麻生先生尽量长久地交往下去，甚至还想，倘若能看见那么一点点结婚的可能，就好了呀。

热死人的盛夏到来，牛油果的种子底部裂开了，能看到里面夹着白色的东西，好像是根。我好开心。它在长大，在不知不觉间长大。我总感觉，这好像预示着什么好事就要发生了。那颗牛油果的种子似乎在用自己的成长告诉我：你和麻生先生的关系接下来会发展得很顺利哦。

暑假时，我和麻生先生去海边住了几天。

"去哪儿都好，总之好想歇口气呀。"我发了这样一条 LINE。

"遇到这种情况，当然得去海边喽。"他这样回复我。

盛夏的海边，热得要死却又不得不戴上口罩，真的很折磨人。我感觉喘不上气，呼吸不畅，难得精心化好的妆容被口罩闷得彻底花了。可是，夏季的海边还是很热闹。就算疫情肆虐，一到夏天人还是会忍不住想去海边呀。我们在海岸大路边的松饼店点了松饼吃，还在海潮中戏浪。我非常自然地挽住了麻生先生的胳膊，而他也不再会被我的举动吓一跳了。管什么新冠呢？夏天还是那个夏天，海也依然是那个海。这地球上的万物之中，唯有人类的生活改变了，仅此而已。

我们稍稍拉开了点儿距离，然后一同坐在了海岸边，欣赏起了夕阳。

"这种戴口罩的生活，究竟什么时候是个头呢？"我下意识问道。

"可能……会一直戴下去吧。包括静默，说不定哪天又要求居家隔离了……"麻生先生回答。

"好讨厌啊……"

这是我发自内心的想法，我为什么就生在这么一个时代呢，真是太不走运了。倘若没能和麻生先生走到最后，那我在这个疫情肆虐的时代要怎么去恋爱才好呢？就一直戴着口罩谈恋爱吗？保持着社交距离谈恋爱吗？这样的恋爱可行吗？此时，夕阳仿佛一块儿巨大的橘色硬糖，缓缓沉到地平线以下，周围似乎也暗沉了下去。见我沉默，麻生先生开口道："把这个点起来吧，我专门拿来的。"

说着，他便伸手到背包里摸索，随后掏出一把纸捻烟花。麻生先生还准备了打火机。只见他小心翼翼地将束住烟花的纸揭开，分出一根递给我。随后，他点燃了烟花。看着那噼里啪啦溅着火星的一小团烟花，我回忆起了童年。檐廊边、切成一瓣瓣的西瓜、浴衣、烟火……还有，一直都在我身边的小弓，挥着纸捻，用燃起的烟花在空中画着圆圈的小弓。

"其实，我是双胞胎。"我不经意地说出这么一句。

"欸，是吗？头一次听你说。"麻生先生手里还捏着纸捻烟花，一脸惊诧地望向我。

"嗯，而且是同卵双胞胎。我是姐姐。我们两个真的从脸到体形都一模一样。要是我妹妹也在，麻生先生恐怕都区分不出我们谁是谁。不过，我妹妹两年前突然去世了……"最后这句话，我用极度轻描淡写的口吻随意说了出来。

"……这样啊。"

"这种事，对于他人来说挺沉重的吧，真抱歉。"

"为什么道歉啊，谢谢你愿意告诉我这些。"

然后，他似乎想再说些什么，但又突然变得吞吞吐吐，最终没说出口。说实话，我其实也希望能知晓那么一两个麻生先生的秘密。不过，他还是选择不再开口，转而紧紧抓住我的手。光是这个动作已经让我很开心了。我还是第一次和一个在 APP 上认识并开始交往的人谈到小弓。小弓是我生命中最重要的人，所以我希望麻生先生也知道她。

那一晚，我们裸身在凉爽的床单包裹下相拥。麻生先生果然在情事上也是一副战战兢兢的样子，但我就是很爱他这一点。他伸手触碰我的身体时，手指都在颤抖。我不禁暗想：他该不会是第一次吧？这个问题，我最终也没有问出口。不过，高潮时他紧锁的眉头，还有下颌的线条，都让我再度在心中感慨：麻生先生其实也是有情欲的人呀。我真的好喜欢他。

深夜，因为我不太习惯麻生先生睡在一旁，所以有些失眠。想想干脆先不睡了，走到了阳台上。大海在我对面十分遥远的地方，黑暗，看不分明，海潮的低吟声却始终震动着我的耳膜。夜空中的繁星仿佛细碎的串珠，散落了满天。其中有些星星特别明亮，但我对星星并不熟悉，也不知道在什么方位会有什么样的星星，或者有哪些星座。回过神来，我发现麻生先生正站在我身边。他说不定也一样吧，因为有我在他身边，所以睡不着。

"不知道能不能看见双子座呢。"我仰头望着夜空喃喃道。

"双子座只有在冬季的夜空才能看到啦。现在星辰之中最明亮的是织女星，位于它斜下方的是天津四，再下面是牛郎星，它们构成了'夏季大三角'。"

"欸，你为什么会这么清楚？"

"因为我高中时是天文部的。"

"欸，很有麻生先生的风格嘛！"

"这话是什么意思啦？"

麻生先生说罢，我们两人都笑了。

"卡斯托和波拉克斯[1]。"

"那是什么？"

"是冬季夜空中能看到的双子座[2]星星的名字，这两颗星挨在一起，发着光。

---

1 卡斯托和波拉克斯是希腊神话中宙斯的儿子，两人为孪生兄弟。

2 双子座的 α 星和 β 星中文名分别是"北河二"和"北河三"。

"……你那位已经离世的妹妹，是叫小弓，对吗？

"那，双子座的两颗星，就代表小弓和小绫了。等冬天来临，夜空中能看到双子座的时候，我指给你看哦。"

麻生先生在盛夏时节和我做了一个冬天的约定，我好开心。

"那个……"麻生先生开口想要说些什么。

"怎么了？"我望着他的脸。他的脸庞被黑暗笼罩着，看上去似乎有些紧张。

"嗯……还是算了，先不说了。"

"跟我说点儿什么吧，说什么都行。我不是也和你讲了件那么沉重的事吗。"

"嗯，将来一定会跟你讲的。"

"一定哦。"

说完这些，我们便接吻了。虽然我心里还是忍不住会嘀咕：麻生先生的秘密究竟是什么呢？但是当晚，我还是把那种很不好的预感硬生生压回了心底。毕竟，我们眼下发展得很顺利。所以，接下来，应该也会很顺利的，对吧？一直到冬天，到麻生先生会指着天上的双子座给我看的冬天为止，都会顺利的，我暗暗对自己说道。麻生先生将我拥在怀里，我就那么听着他的心脏在跳动。

那之后，夏季过去了，又到了秋天，随后，冬天来了。

我和麻生先生仍旧保持着恋人的关系，继续交往。虽然麻生先生仍旧没有对我吐露那个秘密，但我想，倘若他不愿意说出口，那就一直保持缄默也好。

新冠病毒感染者越来越多，回过神来，2020 年已经接近尾声。

"我们也挺担心疫情的，所以你不回来也好啦。"住在岛根的双亲是这么跟我说的。

于是我就留在东京跨年了。麻生先生老家就在东京，他说新年也待在本地。所以圣诞节我们是在麻生先生家过的，除夕则是在我家过的。我们两个人的恋情基本顺利，甚至可以说是维持着风平浪静的祥和。麻生先生为人稳重，我们俩连架都没吵过。我甚至产生了一种奇特的感慨——即便疫情肆虐，人还是会恋爱、会亲热啊。而每当我为和麻生先生在一起而感到幸福的时候，就会想起小弓。过完年[1]后的第七天就是小弓的忌日，或许就是因为离她的忌日近了，我才又想起她的吧。除夕当晚，麻生先生赶在红白歌合战开始的当口准备告辞。

"明年见喽。"他一边在玄关穿着运动鞋，一边说道。

听到这句话，我忍不住想：明天不就是明年了吗？可转

---

[1] 在日本，除夕夜指阳历 12 月 31 日。

念一想，他会这样说，就意味着明年他也想见到我啊，于是我又单纯地高兴了起来。

"嗯，明年也请多多关照。"我站在玄关边对着麻生先生低头行礼，把他逗笑了。

第二天是大年初一，我给岛根的双亲打了电话，也给麻生先生发了LINE，不过发出去的LINE消息始终都是"未读"状态。我想，他应该是在家悠闲地休着假吧。

我卧室的柜子上摆着一张小小的照片，是小弓的。照片旁有一束我年末买回来的百合花。昨天麻生先生也在的时候我还没有注意到，等今天剩我独自一人待在密闭的房间里，百合花那生机盎然的香气就开始猛烈地往我的鼻孔里钻。闻着百合花的味道，我忍不住回忆起了小弓的葬礼。

小弓死于脑出血。1月7日，新年刚结束。她回去上班，就那么倒在了公司，离开人世。她如果活到那一年的夏天，就满三十岁了。小弓已经走了三年，可我仍旧没办法接受这一切。或许，双亲也和我一样。嘴上说着担心新冠肺炎疫情，不用回去，其实，他们是不想在看见我之后想起小弓吧？所以我不回老家，他们说不定还松了口气呢。虽然我是在父母的爱中被抚养长大的，对他们也没什么逆反心，可小弓的死仍旧成了我和父母之间一道看不见的鸿沟。

同卵双胞胎的妹妹还那么年轻就死了，如果小弓是那种死法，我这个双胞胎姐姐说不定也有可能会那样死掉……一想到这儿，我就好怕，怕得要哭出来。所以，我希望能尽量早点结婚生子。不知为何，我总觉得这样做就能活得长久些。所以，自从小弓走后，我就开始沉迷于婚恋APP。

万一我现在感染了新冠病毒，说不定马上就会死。可是，除了戴口罩、勤洗手、勤漱口，还有避免去人群聚集的地方，就再没有什么别的预防办法了。把这些注意事项都做到位，然后还能怎么办？我不知道。小弓还不知道新冠肺炎疫情的出现和世界的变化，就已经离开了人世。每当工作令我疲惫得快要崩溃时，我就不时会想：小弓她，还真是死在了一个好时候啊。可是，这世上还有比小弓死掉更令人悲伤的事吗？

我们从出生就一直在一起。虽然读不同的大学，在不同的公司工作，可自从我们一起考去东京，很长一段时间，我们还是住在同一条街道的同一个房间里。小弓决定去工作，就搬出去和她的大学同学村濑君同居了。我也搬了家，但小弓去世之后，我依然住在原来的那条街道上；村濑君也仍旧住在他们原来的那个房子里。小弓走后，每月她忌日那天我们都会聚在一起吃个饭。不过现在因为疫情的缘故，这个约定也总是无法如约兑现。

村濑君……为什么还住在那儿呢？正想着这件事，

FaceTime[1] 突然响起一阵来电声。我本来是躺在沙发上的，此时坐起身来，戴上眼镜。本以为是麻生先生，可没想到是村濑君。他的脸挤在画面里，头顶上的一撮头发还因为睡觉翘了起来。此时的我也是穿着一套浑身起球的睡衣，不过对象是村濑君，倒也无所谓吧，我想。

"你在睡觉是吗？"村濑君面无表情地问道。他总是那副模样。

"没，就是迷迷糊糊的。"

"最近还好吗？"

"一般般吧。"

"结婚计划推进得怎么样了啊？"

"也就那样吧。"

"没踩雷吧？"

"谁知道呢……说不定现在交往的这个就是雷。"

听我这样说，村濑君咧着嘴哈哈大笑起来，我没笑。之前我在婚恋 APP 上找到一个对象，那人是个跟踪狂，会埋伏在我公司和家门口，当时我把这件事告诉了村濑。那人还大半夜跑到我家里，当时我隔着房间门大喊了一声"我要报警了！"，此后对方再也没来骚扰过我。

1　苹果公司推出的一款视频通话软件。

"新年快乐呀。"我对他说。

村濑君略停片刻，也回道："……嗯，新年快乐。"

再过一个星期就是小弓的忌日了，所以在村濑君心里，正月并没有什么好快乐的吧。我一开始也是这样的，但是逐渐就麻木。因为正月对于别人来说就是快乐的日子，这一点我也否认不了不是吗？虽然要逼自己去配合世间其他人的想法，这一点我其实也有些抗拒。

村濑君清了清嗓子，随后开口道："这个月的忌日，咱们约顿饭吧？唉，不过疫情防控这种情况，也就只能约个不到一小时的饭，保持社交距离一起吃喽。"

"是哦，不过既然时间比较短，就速战速决……"

"没问题，那就去咱们之前常去的那家吃吧。"

"嗯，我知道了。"

我们就这样商量好了时间，准备正月休假结束后一起吃个饭。

见面当天村濑君先到的店。他坐在餐台边，台面上不知何时立起了一些分隔空间的塑料板。他见我走进店内，眼神突然变得遥远澄澈。哦，他应该是看到我的脸后想起小弓了吧。我一边如此思考着，一边脱下外套递给了店员，然后坐在了村濑君身边。我们两人几乎有一年没见了。村濑君本就是圆墩墩的体形，我感觉他现在似乎又更加圆润了一些。

"时间有限，吃喝可得高效些呢。"

村濑君说着点起了喝的——他喝啤酒，我不会喝酒，所以给我点的是乌龙茶。还有鸡肉串以及各色腌菜。

那天政府再度发布了紧急状态通知，一向十分热闹的店里也冷冷清清的。除了我们俩，也就还有两个坐桌子的大叔而已，点好的酒水和菜不一会儿就端了上来。

"那……咱们先敬小弓，"村濑君说罢举起酒杯，"然后为生活在疫情时代的小绫和我，干杯！"

我们俩摘了口罩，分别端起了自己的杯子。

村濑君在文具制造公司做销售。不过，我和村濑君从来不谈彼此工作上的事。在小弓还活着的时候就不会提，她死后，我们之间的话题一直都围绕着她。村濑君的手像奶油面包一般圆滚滚的，十分灵活地捏着筷子，唰啦唰啦敲击着碗沿扒拉小菜。记得读大学那会儿小弓把他介绍给我时，我不禁想：她的喜好真是从小时候起就没变过呢。关于对男人的喜好，我和小弓可以说是正好相反。小弓从很久以前起，就莫名喜欢那种身材圆乎乎的、像熊一样的男人，而我一向喜欢精瘦的高个头。长相方面，我俩都不挑剔，不过都希望自己的恋人性格好一些。像熊一样的村濑君一直对小弓很温柔；看他如此温柔地对待小弓，我对他这个人挺有好感。我每一段恋爱谈得都不长久，而村濑君和小弓却交往了很长时间，说实话，我挺羡慕他们俩的。

"到了三十岁我们就结婚。"这是小弓死前那段时间的口头禅。

我也始终相信她和村濑君会结婚的，从来没怀疑过。

猛然间，我扭过头看了看坐在我右手边的村濑君的脸。小弓去世了，我和村濑君也都度过了三年的岁月。可是村濑君看上去显得更沧桑些，像个上了年纪的大叔一样。不过，说不定我在别人眼里也是一样。当一个人经历过亲人的死，或许就会一夜之间苍老吧。想到这儿，我又忍不住对这么早辞世的小弓有些嫉妒了。

我开口问："村濑君，你还没谈恋爱吗？"

"怎么突然问这个？"

"你现在有女朋友吗？"

听我这样问，村濑君喝了一口啤酒，回道："没有啊，什么女朋友……完全没有。"

"在公司也没遇到心仪的对象吗？"

"嗯……"

"但是，其实也可以找了吧？在APP上面找找也行呀。"

"我没法像小绫那样积极啦，"村濑君一边说着，一边抱起胳膊，"而且我也蛮怕新冠病毒的……"

"要是说到这个，可就没法谈恋爱喽，等回过神来就要变成大叔了呢。"

"可是吧……哎呀……"

见村濑君一脸为难的样子，我忍不住有点儿想捉弄他，于是我问："是不是，还忘不了小弓？"

听我这样问，村濑君的嘴巴紧紧抿住，嘴角也略微垂了下去。眼前的烤鸡肉串烟气呛人，我一边思忖着——这么大的烟味儿，该沾到我身上这件爱穿的毛衣上了——一边等待村濑君的回答。

"她是我这辈子交的第一个女朋友啊，怎么可能那么快就忘了，而且还是突然就……"

——突然就死了。这后半句话，他没说出口，但我猜他是这个意思。

于是我换了话题，吐槽工作、婚恋 APP 上的经历（但是没提麻生先生），还有种下了牛油果种子的事。

"牛油果吗？那玩意儿生出芽之后，会渐渐长到容器都装不下，读大学那会儿小弓就种过。有一天，她突然跑到我房间说'要种这个'。"

还是第一次听说小弓也种过牛油果呢，想到这儿，我说道："估计……我种不到你说的那个程度啦。我可没有擅长培育植物的绿手指，只有把植物养到枯萎的茶色手指。"

"小弓也一样啦，她养的那棵牛油果小苗也是不知道什么

20

时候就枯萎了。"

村濑君说完这句话就再次沉默了。我对村濑君完全没有那方面的好感，但心底里把他当作自家人。而且要是他和小弓结婚，他可就成了我的妹夫啊。所以，我希望村濑君能振作起来，开开心心的。

"下个月忌日那天咱们再约一次吧，还是约个简单的聚餐好了。"

"嗯，可以啊……哎呀，差不多到时间了。麻烦结下账！"

村濑君说着就掏出了钱包，对店主人招呼道。我们见面聊天，到此时正好一小时。我把差不多一半的钱递给村濑君，他抬眼瞟了瞟我肩膀的位置，开口道："小绫……你不打算剪头发了？"

"有点儿害怕去理发店啊……所以就放着不管，让它自己长长了。"

"是吗？"村濑君嘴上这样说着，眼睛有些不自然地错开视线，不再看我了。

他可能是觉得这样很像小弓吧，我想。从儿时起小弓就留长发，而我一直是短发。因为不这样做的话，单看脸区分不开我们两个人。我从疫情暴发后就没再理过发，头发的长度已经越过肩膀，垂到锁骨处了。最近我在洗脸池边照镜子的时候，也会被自己吓一跳：小弓怎么突然出现了？所以在家的时候，我都会随便拿皮筋扎一扎头发。可是听村濑君这么一提，我突然产生了"去剪剪头发"的念头。下周末去理发店痛痛快快剪个清爽好了，我推开居酒屋那扇老旧的大门，心里计划着。麻生先生会喜欢长发的我，还是短发的我呢？我又想。眼下已经过了新年，我们每天还仅限于在 LINE 上聊天而已。

看到麻生先生说"我现在工作很忙"，我也不知道该如何回应。

"那咱们下个月见。"村濑君对我说。

"嗯，再见喽。"我回道。

我们在居酒屋前道别。我仍旧站在原地，看着村濑君转身回家的背影。见他脚下踉跄，我不由得有些担心：他没事吧？但我也并不准备送他回家。我将围巾一圈圈在脖子上围好，转身回到那个只有我一个人的家。

就这样，到了第二个月，我又和村濑君在同一家居酒屋相聚了一小时。

不是和恋人的约会，也不是和朋友的饮酒会，而是悼念亲人的聚会。到了第二次静默期，我们公司又改成居家办公了。整日在家过得十分郁闷，所以和村濑君见面对我来说是个很好的喘息机会。因为是村濑君，所以和别人（包括麻生先生）没法谈及的，关于小弓的所有事，我都能和村濑君聊。

聊到她时的气氛就如同在讲一个尚在人世者的八卦一般：只要一喝酒，睡着的时候呼噜声就打得仿佛地震一样响（我喝不了酒，而且也不会打鼾）；做饭的手艺不太行（在这件事上，我确实也没什么可笑话小弓的）；走在路上听到有小猫的叫声，就会一边咋舌，一边呼唤"咪咪，咪咪"（这一点我和小弓一样）。除了我和村濑君，这些事在别人看来真的都无关紧要。但是，就是要这样才好。

恋人突然死去——这种事我没经历过，所以不清楚会是什么样的心情。我想：村濑君也永远不晓得失去了双胞胎妹妹的我，是什么心情吧？可是，重要的人走了——在这件事上，我们两个深深地，甚至可以说是过深地拥有着共同的体验。而且，一想到能有另一个人和自己共同承担这种感受，我们都会略感心安。这也是事实。我不是独自一人承受悲伤，一想到这儿，我就能再度鼓起活下去的勇气，相信自己不会跌入眼前那没有尽头的黑暗之中。

可是，我从未想过要去依靠村濑君。而且，我在心里暗暗决定，就只在每个月一次与村濑君见面的时候，敞开心扉聊聊小弓。因为，我其实对自己之前和麻生先生坦白小弓的事感到有些后悔。就算再怎么喜欢一个人，像这样把自己人生中的大事讲给他，也几乎等同于对他说：我身上的重负，你也要分担一半。麻生先生一定被我吓到了。那个夏天的海岸边，我突然和他提起小弓，他肯定很吃惊、很慌张吧，所以最近给他发 LINE 他才总是迟迟不回……

和村濑君吃过饭的那天晚上，我独自在房间擦着洗过的长发，想起了过去小弓曾说过的话。那是我们几个人工作第一年的黄金周，假期的某一天，我们在村濑君和小弓的家里就着比萨喝酒（我喝的是可乐）。村濑君说"不够喝不够喝"，于是跑去了便利店。小弓也醉得厉害，脸颊红扑扑的。当时刚到五月份，但是那天特别闷热。不过，又没到需要开空调的程度。所以扫除窗[1]就那么开着，我和小弓并排躺倒在冰凉的地板上，默默地望着白色窗帘被夜风撩动。

"村濑君，你可别抢走哦。"小弓突然来了这么一句。

"啊，抢走，怎么可能？干吗这样说啊？他完全不是我的菜啊。"

小弓仍旧仰面躺着，双臂扬到头顶，用力伸长。这么一来，本就瘦削的小弓看上去身体更单薄了，简直就像陷进了地板里一样。

"所以根本不可能！"我说罢抬脚轻轻踢了踢小弓的腿。

"小绫，因为你其实意外地温柔。"

1　和式房间里为将室内垃圾清扫出去而在紧接地板的地方开设的窗子，有点像中式房间里的落地推拉门。

"怎么会。"

那时候，小弓为什么会说出那句话呢？直到今天，我仍想不明白。不过，之所以突然想起这件事，大概是因为我意识到，自己在小弓死后仍旧和村濑君见面吧。小弓是个嫉妒心很强的人，她会这么说，似乎也合乎逻辑。可是，我和村濑君的确不可能有什么的。我一边擦干头发，一边瞟着手机。虽然我和麻生先生还在用 LINE 联系，但他回复的频率简直就和间歇泉一样，一阵一阵，时有时无。最后一次回复我是在一月底，内容还是老样子："我现在工作太忙了，抱歉，等告一段落我再联系你。"过了除夕，我们都还没见过面。总觉得要是再这么下去，不如换个人算了……我明明那么喜欢麻生先生，却因为寂寞就心生动摇。可是，再去 APP 上另找个人也很麻烦啊。而且，倘若真的开始找别人了，那我和麻生先生的这段关系不就彻底结束了吗？我真的很怕这样。

头发长了便很难干透。镜子里映着小弓的脸。唉，我打心里觉得，以这副模样去见村濑君真的很不合适，于是当场打开手机预约了理发店。

"请帮我清清爽爽地剪短吧！"我和熟悉的理发师这样说。

"欸，真的吗？真的可以吗？"

理发师说着战战兢兢地开始为我理发。剪刀咔嚓咔嚓地剪断发丝，头发一束束飘落到白色的披肩上。我的脸和脖子一点点暴露在理发店的自然光线下，不得不说，我真的老了。三十二岁这个年龄，究竟算不算年轻呢？我也不太清楚。但是，我真的很想结一次婚看看。倒不是因为想穿婚纱，或者想要昂贵的婚戒。我只想和一个彼此深爱的人生活在一起，如果那个人是麻生先生就好了。可倘若不是……

"哇！显得年轻了啊，感觉不错哦！"

理发师一边用发油帮我理顺头发，一边提高了嗓音。说这话或许只是出于礼貌，但我听了还是很开心。镜子里映出的那个人不是小弓，是小绫。我不禁有种终于又做回自己了的感觉。我甚至都忘了，大冬天跑去剪短发，肯定超级冷的。我想就用这样的短发造型去见麻生先生，想让他看看我短发的模样，我给他发了 LINE。显示对方已读，可是他没回复我。可能是工作又忙起来了吧。我这样子怪凄凉的。如此想着，在离开理发店回家的路上，我买了一块儿小蛋糕。吃掉之前，我先把它放在小弓的照片前供奉了一会儿。只供了五分钟。随后，我慢慢地，认认真真地泡了一杯咖啡，在自己的房间里，吃掉了为自己准备的这块儿蛋糕。

奶油很甜，草莓很酸，就像人生。

我猛然看了一眼那个种了牛油果种子的玻璃杯，种子顶端露出了一撮小小的绿色嫩芽。哇！我独自呼喊出声，摸出手机为牛油果种子拍了好几个角度的照片。房间的窗帘没拉，夕阳从窗户照进来，光线穿透了玻璃杯，在墙上洒下一片彩虹的颜色。我把牛油果的照片发给了村濑君和麻生先生。

村濑君立即回复我："干得不错嘛！"

麻生先生没有回复我，也没有读我的消息。哎呀，究竟咋个办才好哇[1]，我小声嘀咕了一句语法错误的关西话，将最后一口蛋糕塞进嘴巴里。

有一天——就是我的短发造型尚未让麻生先生看到，仍旧每天满心抱怨地生活着的某一天，在周末的电车里发生了一件事。

当时电车的某个角落传来一阵阵婴儿的哭声。说实话，我一直受不了婴儿的哭声，但是我也不愿意把这种情绪表现在脸上。不过，眼下大家都戴着口罩，躲在口罩底下黑脸，估计也不会被人看出来。我边上那个手拉吊环的大叔公然朝那边张望，嘴里还嘀咕："好吵啊，怎么回事？"我决定不像他那样表达情绪。可是，那个婴儿不停地哭，我也开始烦躁起来。这车里可是挤满了乘客，不怕染上新冠吗？先下车哄哄他不好吗？这些想法涌上心头，我忍不住向那个婴儿的方向看了一眼。

于是我看见了，是他，麻生先生。他身上还是除夕见面

1　原文为"もういったいどうしたらええねん"。

时穿的那件黑色羽绒服，膝盖上摆着十分眼熟的那个黑色背包。他旁边坐着怀抱哭泣婴儿的长发女人。远远看过去，从好的意义上讲，感觉她不像已经当了妈妈的样子，是个很漂亮、很性感的女人。她抱着小婴儿不断摇晃着，但是那孩子的哭声始终没停。我感觉心脏仿佛被扎进一根针一般生疼。我反复告诉自己：就当没看见好了。他们可能只是麻生先生的姐姐和孩子。可是，坐在一边的麻生先生手里还捏着宝宝的玩具，在那个小婴儿眼前摇晃着。弟弟的话……会这样吗？我告诉自己，不要紧盯下去了，可是双眼完全无法从麻生先生身上移开。这时，麻生先生站了起来，那个女人也抱着孩子站了起来。他们要换乘地铁，换乘线有一站能坐到麻生先生家。啊啊……我意识到这一点后，转瞬也跟着他们冲出了电车。

在换乘地铁的地下通道里，我紧跟在麻生先生和抱着婴儿的女人身后，生怕跟丢了。这样跟着有什么用呢？我不知道，但仍旧紧跟着不放，还差点儿撞上一个走在路上看手机的男人。

"对不起！"

我大声道歉，但能看出那个男人口罩上方的一双眼睛带着怒意。我得抓紧，不然那两个人（准确来说是三个人）就要走进地铁检票口了。我也不知道自己现在想干什么，可我依然还跟在他们身后。紧接着，那两个人在检票口前站住了。女人似乎在费力地掏地铁卡或什么东西，两人现在移步到了检票口旁边。

就在此时，我不假思索地大喊一声："麻生先生！"

他没反应。

于是，我又凑得更近一些，高声重复："麻生先生！"

戴着口罩的麻生先生这回注意到了我。看不出他此刻的表情，不过他双眼睁得滚圆。一旁的女人似乎也注意到了我。

"这究竟是怎么回事啊？"我本来想这样问他的，可我并不希望在这种人来人往的地方叱问他。

于是我没有对麻生先生，而是对那个女人开口道："我在工作方面很受麻生先生照顾。"

我一边说着，一边望着女人怀里的孩子。简直和麻生先生是一个模子里刻出来的好吗！宝宝头上戴着一顶蓝色的毛线帽，估计是个男孩子吧。就算这女人和麻生先生是姐弟，她的孩子或许也会和舅舅很像，但是孩子和麻生先生的相似程度明显超越了外甥与舅舅的关系。倘若他们真的是兄弟姐妹，麻生先生应该会马上解释"这是我姐姐"或者"这是我妹妹"，可他没有开口。

我既没有看他的脸，也没有看那个女人的脸，说了句："今年也请多多关照。"

我抬起头时，发现那个宝宝正看着我。他把小小的拳头含在嘴巴里，嘴巴周围还沾着一圈湿湿黏黏的口水。

"真可爱呀。"

听我这样说，那女人笑着回答："三个月了。"

我明明没问这个。虽然口罩挡着她的脸，看不真切，但是光从眼睛也能看出她是个相当漂亮的人。想到这儿我又回忆起，和麻生先生开始联系是在前年的冬天。那就是说……我开始在脑子里做起了令人生厌的计算。麻生先生一句话都没说，我也没什么必要再站在这两人面前了，于是我起身行礼，扭头离开。

打击如此之大，以致回去的路上，一向不喝酒的我跑去便利店买了两罐汽酒。我没洗手，没漱口，连外套都没脱，就只把口罩扯下去一些，便拉开了汽酒罐的拉环。酒洒到地板上一些，管他的。我猛吞了一口，感觉就好像一团火球滑进胃中。可我还是什么都没吃，只一个劲儿喝酒。我蹲在原地给麻生先生发 LINE。

"究竟是怎么回事啊？"

"你有太太的，对吗？"

"你还有孩子，对吗？"

"你是隐瞒了这些在和我交往的，对吗？"

此时此刻，麻生先生的手机应该在唰唰地响着 LINE 的消息提示音吧，也有可能是在不停地振动……但是对话框里显示的始终都是"未读"。我把手机抛向沙发，就那么穿着外套躺倒在了地板上。醉意仿佛从脚心一直爬遍全身。我感觉只有脑门热得出奇，但这不是感冒，只是喝醉了。

我猛然扫了一眼桌面，玻璃杯里的牛油果种子竟然长出了一对叶片。究竟什么时候长出来的？我本来是每天换一次水的，但最近逐渐变成两天换一次，三天换一次……直到一时想不起上一回换水是多少天之前了。频率就这么越来越低。我对牛油果一开始的满满兴趣在逐日减少。可在我盼着麻生先生的回复时，在我的头发剪短了的日子里，牛油果一直在若无其事地生长着。不知为何，我觉得牛油果真可恶、真不通人情啊……于是，我突然冒出一个残忍的念头：干脆把它的嫩芽掐掉吧。我伸出拇指和食指，捏住了那一对叶片，指尖用力——我记得在某篇文章里读到过，植物也有感情。倘若那文章说的是真的，那此刻这颗牛油果应该正在绝望地尖叫着吧。就在那一刹那——

我突然想到了那些和小弓一样早早离世的人。在葬礼上，很多人说了很多话去安慰我。他们说，小弓这么好的人走了，是因为神太爱她了，于是就把她喊到了自己身边。我明白，大家是想鼓励我所以才这样讲的，可是我并没有被鼓励到。我当时只觉得"你们在瞎扯什么啊"。可是，倘若天上真的存在一个掌管寿命的神，那他当时，应该就是用我此刻的做法，把小弓的命揪掉的吧……想到这儿，我说什么都没法再下手伤害这对叶片了。小弓已经不在了，我和麻生先生也完了。想着想着，眼泪便汹涌起来。

剩下的汽酒，我是慢慢喝光的，只是喝掉一罐就花了好长时间。回过神儿来，我发现自己正站在村濑君家门口。挨着道路的二层厨房亮着灯。我捡起脚边的小石子，朝着窗户丢了过去。因为喝得太醉扔不准，我又扔了第二回、第三回……只听砰的一声。有个人影靠近窗户，村濑君的脸随即冒出来，他在黑暗中发现了我。

"啊啊……"

他仿佛叹气一般出了口气，伸手指了指玄关，于是我步履蹒跚地向着公寓玄关的方向走去。出了电梯，村濑君正在走廊最深处的屋子外面开着门等我。

"吓我一跳，你怎么和小弓干一样的事哦。小弓喝醉了酒也总是拿石子扔窗户。"

还没把村濑君这句话听到最后，我就忍不住大吼："我还把他当恋人！结果他又有老婆又有孩子啊！"

"哎呀，你身上好大的酒味。啊，你还剪头发了？"

末了村濑君还来了句：现在遇到那种事也不算什么啦。我气不过，把鞋子乱七八糟脱在玄关就走进了他家里。小弓死后，我大概来过他们家两次，不过最近都没来过。玄关摆着小弓挑的印有小猫图案的脚垫，墙上仍旧挂着小弓喜爱的某位艺术家创作的黑猫挂毯。看到这些，我的酒一下子醒了。

就好像，小弓还在这个房间里一样。我借用了一下洗脸池洗了洗手，漱了漱口。猛然扭头，竟看到一件令我感到毛骨悚然的东西——那儿还摆着一支眼熟的牙刷，是小弓用过的。照这个样子，衣柜里绝对还挂着小弓的那些衣服。我因伤心而跑到这儿来，结果发现村濑君的情况反而更令人担忧。

我抓起那支牙刷跑到村濑君眼前大喊："我说，快把它扔了吧，这样不好！"

"……"

村濑君没有看我，他正默默地把瓶装茶倒进玻璃杯。

我没停下，继续嚷着："这样真的不好，真的！小弓她早就不在了呀。"

"才没有不在呢，她还在我这里。"村濑君说着用手掌碰了碰自己心脏的位置，"小弓还在这里呀。"

"村濑君，就这么下去真的好吗，就这么一直到老？你也有你自己的人生吧，以后说不定还会遇到一个比小弓更让你爱的人呢，说不定也会遇到一个想结婚的对象呢。"

"那样的人，不会再出现了。"

"那……你就准备这样留恋小弓，熬成老头子吗？"

"……"

我将双手伸进村濑君的双臂之间。好温暖。或许对象不是村濑君也无所谓，我今晚就是渴求这种属于人的温暖，像一只饿狼一般地渴求。

我化身成了小弓，开口说："村濑君，请你忘了我吧，请你去过属于你自己的人生吧，否则我是无法释然的。"

我把头靠在了村濑君的心口。咚咚咚，我感受到了村濑君的心跳。

他猛地将我的胳膊推了回去。

"小绫，别这样。"

从我头顶传来村濑君毫无感情的声音。听到他这句话，我冲出了房间。我只是想被拥抱一下啊。虽然心里这样想，但其实仍旧希望是麻生先生来拥抱我。我在夜色之中的街道上站住，拿出手机看了看。之前发出去的那些消息现在全是已读状态了，但是依然没有回复。麻生先生真傻！村濑君真傻！我真傻！夜空中的星星眨着眼睛，麻生先生曾经说过，到了冬天，他会把双子座指给我看。想到这儿，眼前的景色在泪水中晃动着，模糊了。

又过了一星期的某个深夜，麻生先生回复了我。

"小绫，抱歉一直瞒着你。我的确有妻子，也有孩子，不过我们一直都是分居状态。本来决定要离婚，于是就分开了。

可是新年的时候见了面，看到那么可爱的孩子……"

读到这儿，我一把将手机丢到了被子上。

被麻生先生骗了，我当然有火气。但同时我也察觉到，一切的元凶可能还是来自内心的寂寞。我想像小弓那样，拥有一个能够自由敞开心扉的恋人。我想拥有那样一个人，也很渴求那样一个人出现。可是在现实世界，这种愿望总是无法实现，于是我一头扎进婚恋 APP 里寻求救赎。在 APP 里遇到的人，根本不知道他们的信息哪些是真哪些是假。也有麻生先生这种家伙，明明是和老婆分居的已婚者，却能完全以一副单身人士的面孔去接近恋爱对象。这些细节，在 APP 上根本分辨不出来。可我明明有的是机会寻根问底，却假装看不见。因为，倘若连麻生先生都弄丢了，那就太悲惨了。小弓走了，我因为疫情见不到别人，于是彻底成了寂寞的傀儡。没错，要怪就该怪新冠病毒啊。我之所以遭遇这番境况，村濑君之所以找不到新的恋人，仍执着于小弓，这一切都是新冠病毒的错。我准备按这个逻辑处理自己的情绪。

突然，我的视线落在桌面玻璃杯里的那颗牛油果种子上。那一对绿叶伸展开来，仿佛高呼万岁时举起的双手。看着那一小抹绿色，我又升起一股无名火。唉，不过，这颗种子就这样长大的话，放着不管能行吗？我想找人问问，可是也只能问村濑君了。于是我带着对上一次醉酒失态的歉意，给他发了 LINE。

过了一星期村濑君都没回复我。那之后麻生先生倒是发来过几条 LINE，但我通通没看。我没那个闲工夫和一个已婚已育的撒谎者交往。那么，再从 APP 上寻找下一个对象吧，我倒是想这样积极，可又害怕再发生类似的事。

寒冷的日子还在继续，某个似乎要下雪的晚上，我独自一人寂寞地回到家，却发现家门口挂着一个巨大的塑料袋。我满心疑惑地看了看袋子，发现里面放着一个圆形的花盆，还有一袋子土。除了这两样外，还有一封信。

"下个月小弓的忌日我们再见一面，以后就再也不见了吧。"

村濑君的字迹实在称不上好看。我感觉心脏仿佛被猛地一扯。没有办法，因为我做了那种事，说了那些话啊。我虽然这样告诉自己，可一想到以后将永远见不到村濑君了，又不由得感觉天旋地转。我究竟还要失去多少家人和朋友呢？想到自己的命运如此凄凉，不由得脚下踉跄。不过，我仍旧努力把那提重重的塑料袋搬进了屋里。

我洗了手，漱过口，换上睡衣，视线又落到玻璃杯里的那颗牛油果种子上。种子下方延伸出白色的根系，头顶冒出的绿芽已经有十厘米高了。一看便知，这颗牛油果在玻璃杯里待得很憋屈。为了接住洒出来的土壤，我剪开了一个纸袋子，平铺在地板上。塑料袋里还放着一张打印纸，上面印着一篇发芽后的种子该如何移栽到花盆里的网络文章。首先，在花盆底部铺一层小石子。然后，加入半盆土，再将牛油果种子放进去。最后用土将剩下的空隙填满。读起来似乎蛮简单的，可是我太笨拙，所以用了好长时间。如此微不足道的一个小生命，养育起来却也要花费如此大的力气呢。

这时，我突然想起了养育我和小弓的父母。

"养你们的时候我连觉都没空睡。"母亲曾经这样说过。

我当时却回了她一句："做妈妈不就是这样吗？再说了，我们还没别的兄弟姐妹呢。"

可是，我的父亲母亲，真的就如字面意思那般，是用毫无保留的爱将我们抚养长大的。父亲虽只是个没什么前途的保险公司职员，但是我和小弓从小就没缺过钱花。父母还一直供我们两个人读到大学。我一想起父亲在小弓的葬礼上大哭的模样，就感觉胸口憋闷。当时母亲一个劲儿地抚摸着躺在灵柩里的小弓的面颊，一直到盖上棺盖为止……我一边收拾着纸袋子上的土屑，一边想起小弓火化后，火葬场的人就是这样一点点捡拾她那些烧剩下的细碎骨头的。我感觉胸口勒得生疼。我手指上还沾着土，就那么直接拿起手机拨通了老家的电话，母亲马上就接了起来。

"喂，妈妈？"

"绫，你怎么样呀？疫情什么的不要紧吧？"

"嗯，我很好。妈妈，你和我爸都还好吧？"

"你爸一直嚷着腰疼，不过都是老毛病了。"

"是吗？……"

"绫，发生什么事了吗？"

"嗯？"

"你会主动来电话，实在太少见了。就算我打给你，你也只会嚷着忙，没说几句就挂断了。"

说到这儿，母亲笑了，那笑声听着令人好怀念。

"我有时候也会突然想听听妈妈的声音嘛。"

"嘿，真是少见。不过这样我也就放心了。"

"为什么呀？"

"绫和弓不一样，从来都不跟我诉苦呢。以前就是这样。你太拼了，妈妈很担心你这一点。"

我感觉那刚刚栽好的牛油果的模样在眼前摇晃了起来，但我实在不想哭出来，于是拼命忍着眼泪。

"我们都很好。嗯，其实不好也无所谓。有绫在就足够了。"

"嗯……"

"等到疫情差不多了，你就回趟家吧。爸爸妈妈都盼着绫回来呢。"

"嗯，真希望这疫情赶紧结束。"

"就是的，可不能输给它哦。绫是我的好女儿呢。"

"妈妈……"

"嗯？"

"我啊，我要带着小弓的那份一起，好好活下去，要结婚，还要生宝宝。"

"绫……"

"嗯？"

"你不用想这些，活出自己的人生吧。不论选择什么样的生活，妈妈都会支持你的。"

眼泪顺着下颌滴到了地板上。挂断电话后，我又哭了一会儿。那颗栽进花盆里的牛油果，我摆在了日照最好的扫除窗边上。

下个月小弓忌日那天，我和村濑君又在常去的那家店见面了，就是在台面上摆了塑料板子的那家店。约定了不多不少正好一小时的会面时间。村濑君还是一边说着"吃喝可得高效些呢"，一边给自己点了啤酒，给我点了乌龙茶，还点了鸡肉串和各色腌菜。我们还是闲聊着些有的没的。不过，这些闲谈对于现在的我来说是必需品。

走出店门时，村濑君说："可不能把牛油果养死了哦。"

"我感觉这次应该能养好它。"

我这样说着，脑子里想起那摆在我昏暗房间里的牛油果。

虽然没有人在家等我，可我总觉得，那颗牛油果是在等着我回去的。

那天我们没有在店门口直接分开（我们两个人都有点儿不知道该怎么告别），而是去了一个位于我们两家中间的小公园。村濑君在公园门口的自动售卖机那儿买了一罐热乎乎的奶茶，送给了我。我没喝，直接把它放进了大衣口袋里。我们就那样一言不发地坐在秋千上，抬头仰望着深冬的天空。

过了一会儿，村濑君仿佛在自言自语："我啊，要从那所房子搬走了。"

"啊，终于……"

"嗯。这段时间我一直在想你之前来我这儿时说的那些话。事到如今，我还是忘不了小弓，心里总是想着她。可是，总要向前迈出那一步吧……所以，我希望这是最后一次，和你在小弓忌日见面。"

听他这样讲，仿佛今夜与村濑君告别之后，今生都不会再相见了一样。我胸中不由得升起一阵悲切。可是，村濑君下决心要往前走了。倘若他再见到我，又会忍不住想起小弓吧。我不想去做一个前行者的绊脚石。

不过，我还是开口道："那个……我只拜托你一件事，行吗？"

"嗯？"村濑君一脸疑惑地望着我。

"估计，我们以后都不会再见了。让我抱一下你吧，当作告别。"

村濑君看上去有些畏缩，但我半是强迫般地让他站起身，随后抱住了他那圆滚滚的身体。村濑君并没有伸手抱住我。除我之外的，另一个人的形状，另一个人的体温。自疫情以来，我对这些越发依恋了。村濑君是活着的人。他的身体中流动着温暖的血液，存在着一个强有力的生命。求求了，让他得到幸福吧，也让我得到幸福。

我在心底里，对着不知道是神还是其他什么，诚挚地祈祷着。

"村濑君，那我就仅限今天，为你变成小弓吧？"

听到我这样说，村濑君离开我的怀抱，语气极度认真地回答："不要说傻话。小弓和小绫根本不一样，只是脸长得像，但你们是不同的两个人啊。"

村濑君伸手帮我把颈间散开的围巾一圈圈围好。他的回答和我设想的简直分毫不差。不过，这样也好啊。

"村濑君，告诉你一件有意思的事。"

说完我随手指了指满天繁星，我在夜空中找到两颗比周围星星都更明亮的星星。

"那就是双子座的星星哦。那两颗星星，就是小弓和我。"

但那究竟是不是之前麻生先生曾经提到的卡斯托和波拉

克斯呢？其实我毫无信心。

"只有在冬季的夜晚才能看到双子座哦。以后到了冬天，就请想起小弓，还有我吧。一次就好。"

听完我说的话，村濑君的面庞在口罩下蹙了起来，变得扭曲。而后，我们两人在公园流了一阵子眼泪。

"那就这样吧，回见。"

我们在公园入口处作别。明明不准备再见了，却还用这样一句话道别，还真的很符合村濑君的性格啊，我想。

"就此别过。"

我说完这句话便转过身，一次都没有再回头，就那样直直地向着自己家的方向走去。中途，我偶尔会抬头看看天空。那一对明亮的星星似乎就在我的身后。大衣口袋里的奶茶还微微带着些热度。不论遭遇了什么，不论发生了什么，都要活下去啊。不知为何，我内心突然强烈地涌起这样一个念头。随后，我将脸埋在村濑君亲手围好的围巾里，向着家的方向迈开了步子。在那儿，有一颗牛油果在等我回家。

铝箔色心宿二

銀紙色のアンタレス

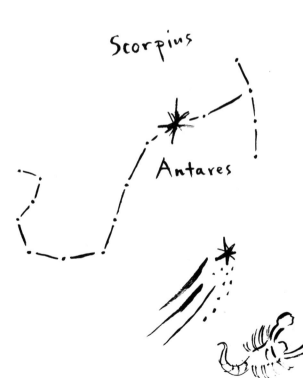

Scorpius

Antares

插图 © 松仓香子

心宿二：天蝎座 α 星，中国古代称为"大火"，最佳观测期在夏季。

特急电车向着山峦的方向奔驰，穿过了好几个隧道。行驶在海岸线上时，左侧的车窗塞满大海。我不由得从座位上站起来，鼻子贴着窗玻璃，想要将大海一整个揽进眼中。还想像个小孩子一样对着邻座怪声嚷着"快看，是大海！"。不过，现在没法这样做。因为我邻座坐着一个白领打扮的男人，而且我也不是什么小孩子了。

随着电车不断前进，大海的湛蓝色也变得越发浓郁。盛夏的太阳夺目地闪耀着，泛着油光，它的身影就映照在海面之上，大海风平浪静。只有奔涌着拍碎在海岸边众多礁石上的海浪是白色的。啊啊，真想快点儿把自己整个泡进那片海里啊，真想疯了一样在海里游个尽兴啊。一想到这些，我就感觉双腿间一阵酥麻。当然不是性意义上的酥麻，而是坐在云霄飞车上，开到了最顶端，准备要急速落下的那一瞬的感觉。光是想着要在海里游泳，我就感到浑身都仿佛被柔软的羽毛微微抚触着，整个人都被那种舒适感包围了。

我出生在盛夏时节的 8 月 8 日，狮子座，昨天才过了 16 岁的生日。或许是因为在夏季出生的吧，我特别喜欢夏天。

夏天一来临，我就有种属于自己的季节总算到了的心情，不管气温多高都无所谓。

我们家的房子和一堆住家乱糟糟地挤在一起。在东京特有的湿度，空调室外机喷出的热气，还有几乎要烤化沥青路的盛夏烈日中，刚喝进肚的水根本没空变成尿就化成汗水溜走了。这样的夏天，是我的至爱。

相反，我极度无法忍受冬天。冬天里身体会变得僵硬，还会缩成一团，而且我的抗寒能力本来就弱爆了。我会整日裹着毛毯不出家门。可话是这么说，也不可能一直宅在家里。所以我只得在衬衫和裤子下面连套三层优衣库的发热内衣，爬一样地蹭到学校。冬天，下雪，这种词我一听到就感觉太阳穴都在往下坠。

明明如此热爱夏天，去年的夏天却糟糕得要命。当时我报了中考的夏季补课班，和一群脸色阴暗的备考生一起被关在教室里听课。既没能去海边，也没能去泳池，净学习了。可是都这么拼了，第一志愿那所学校的合格率却只有30%，简直想死。不过最后我总算是进了第三志愿的一所市立高中。

在冷气开得过度充足的教室里浪费第十七年的夏天，我实在不甘心。所以我下定决心，今年一定要好好享受夏季，把去年的那份也补回来。

7月末游泳部的社团活动结束后，我立即决定起身前往住在海边的外婆家。妈妈在刚到 8 月的时候就去了京都，因为爸爸独自外调到了那边。她劝了我好几次，想让我和她一块儿去。京都那种盆地特有的顽固湿气我很喜欢，而且我也很想见爸爸。可是，爸爸住京都市内，那儿可没有海啊。于是我几乎是用吵嘴的方式拒绝了妈妈的要求，强烈坚持，今年绝对要回外婆家。

这列特急电车就是开向外婆住的那座小镇的。还有 5 分钟就要到站了。在那些滑溜溜碰到我身上，把我叮得生疼的可恶水母冒出来之前，我得尽情在海里游个痛快！这就是我这个夏天的决心。

"小真！"

我转向检票口，看到外婆正高声喊着我的名字，对我挥手。

两年没见了，外婆和上次见时相比没太多变化。她穿着一条深蓝色的连衣裙，裙子是用一块儿布对折起来做的，腋下的部分都缝了线，只在需要伸出胳膊和脑袋的地方开了几个洞。她一头白发，梳了一个小小的发髻。四肢看上去惊人地纤细。

外婆是妈妈的妈妈，但是她们两个人的体形完全不像。妈妈随着年龄的增长，体重一直在增加，一年到头都嚷嚷着要减肥，但是体重始终纹丝不动。不过，完全不顾及周围人的反应，只要一发现我就高声喊我名字，还有笑起来的时候眼睛眯得几乎看不见，都会让我忍不住想，她们果然是母女啊。

"又长大了！"

外婆说着伸出手，想要摸摸我的头顶。可是外婆太矮小了，够不到我的脑袋。我挺想让外婆摸摸头顶的，于是弯下了膝盖。本来还想对外婆说：这几天就叨扰啦。但又觉得怪害臊的，于是我一言不发地把妈妈让我带来的伴手礼一把塞到了外婆眼前。

"车子停这边了。"

外婆说着，用完全不像老年人的步速冲在了我前面。走出车站的范围，太阳散发的光芒已经热辣辣烧着了我的胳膊。光是这样我就开心得不得了。外婆领着我绕过种了椰子树的转盘路，走到了车站旁的停车场。

我在停满了车的停车场里找到了外婆开的那辆黑色轻型小汽车。外婆竟然还在开车，这已经令我很吃惊。没想到她竟然还在开同一辆车，就更令我吃惊了。外婆替我开了副驾驶那一侧的车门，我钻进车里，大腿碰到被阳光直射的黑皮革，好烫。我把背在身上的小行李包摆在膝上，感觉有点儿伸不开腿。外婆戴上了那副从我小时候起就一直在用的黑色大太阳镜，手法娴熟地打着方向盘，驶出了停车场。

外婆家住在靠山的较高位置，出了车站还要再走一段距离。不过她没有驾车直接往家的方向驶去，而是将车子开上了海岸线，这或许是给我的特别嘉奖吧。而且车速超快。没错，外婆开车很猛。我急忙系上了安全带。把车窗彻底摇下来，大海的气息便盈满了小小的车内。我猛吸了一口。海岸边密密麻麻地搭满了遮阳伞。不过我又不会在这里游泳，所以我并不在意。能听到海浪的拍击声。啊啊，真想赶快把全身都浸到海里去啊！

"外婆，是大海，大海！"我把想在电车里喊出来的话，讲给了一旁的外婆。

"我知道啊。"外婆冷淡地回了一句。

外婆本人和两年前比几乎没有变化，可她的家和我初中来时相比却变旧了一些。那是一栋老旧木质结构的二层小楼。屋子旁边种着生长过度，高度几乎要够到屋檐的仙人掌。庭院宽敞，边缘还有片小菜地，里面种的番茄呀黄瓜呀都已经挂果。院子的角落里还扔着个荧光色的圆形东西，那好像是以前爸爸和我一块儿玩的飞盘。外婆家的院子和房间里都有点儿乱，妈妈不擅长收拾整理这一点和外婆很像。

推开门，从玄关进去，房子里略有些阴冷昏暗。阳光白色的残影在眼前跳跃着。外婆马不停蹄地跑去厨房，打开了炉灶。

"午饭就吃素面吧？"

外婆一边说着，一边伸长了胳膊去够碗碟柜上的桐木箱，于是我帮她拿了下来。

"哎呀，谢谢喽。"

外婆一只手伸进桐木箱里，抓了一把素面，利索地将束着素面的小纸条扯开，将面条散开扔进烧滚的水中。

"我去和外公打个招呼。"

来之前妈妈和我唠叨了好多遍，到了外婆家，要先把伴手礼放到佛龛上，合掌问候外公才行。我从之前递到外婆手中的纸袋子里，掏出一盒蛋糕摆到了佛龛前。又点燃蜡烛，插好了线香。呃……然后还要敲铃。我也不知道应该敲几次，就大概敲了三次，然后双手合十。我眼前那张照片里的外公，在我刚读小学那年就患癌去世了。当时，我在母亲的催促下摸了摸外公的手，冷冰冰的，那触感我至今难忘。外公躺在棺材里，周围摆满了鲜花。看他的模样，似乎随时会说一声"哎呀，睡了个好觉"，然后坐起身。因为要用钉子将棺材盖钉住，边上的大人们都催我赶紧拿起锤头去锤钉子。当时还是小孩子的我觉得，葬礼真的好残酷啊。

妈妈提议过好多次，想让外婆来东京和我们一起住。每次她提起来，外婆都不肯点头，只说"我到死也要待在这儿"。其实我对和外婆住一起这件事没什么意见，但是一想到那样一来，外婆的这个家就会消失，我就会很郁闷。

我转过头，见外婆手里拿着做菜用的长筷子，站在我身后。

她望着我的脸，露出一个微笑。

"小真回来了，你外公一定也会很高兴的。"她说完这句话，又跑回厨房忙活了。

光是吃外婆做的素面，我还没吃饱，所以她又捏了几个饭团。是咸海带和梅干馅儿的，没有包海苔，好吃极了。

"小真就住二楼的房间吧，朝日什么时候来呀？"

我慌忙嚼了嚼嘴巴里的饭粒，咽下去后说："她发了信息的，我一会儿再看一下。"

如果我说 LINE，估计外婆听不懂，所以我就改口说了"信息"。这个词外婆能听懂。没错，也不知道为什么，朝日突然就发 LINE 过来，说想趁我在外婆家住的这段时间来玩。朝日和我是青梅竹马，我们从小住在同一栋公寓。两家在我们还读幼儿园的时候关系就很好，到了读小学时，一放假我们就常在一起。就连外婆这边，朝日他们一家人也来过好几次了。

读区立初中的时候我们还在同一所学校，但是朝日和我不一样，她脑瓜很好，所以考去了大学附属的私立高中。自从我们分头读了不同的学校，就很少再见面了。可就是这样，朝日也让她妈妈联系了我妈，一步步定好了来外婆家做客的计划。

"就让朝日睡我那个房间吧，我给她准备一套新被褥。"外婆说着，小口喝起了素面的蘸汁。

虽然我们很难见到面，但朝日还会不时给我发LINE。不过我不太看手机，很少回她。见我不回复，她有时还会发超生气的表情包之类的给我。刚才在电车里我的手机振动了，估计是朝日发LINE过来了吧，突然说什么好想来外婆家。她以前也那么喜欢海吗？我心不在焉地想着，大口嚼起了第三个饭团。

吃过饭，我把碗盘收进洗碗池，便对外婆说："那我出门了！"

"不用那么慌，海就在那儿，跑不掉的。"外婆无奈地回答。

从外婆家到海边，是一连串蜿蜒的坡道。

路边的一排排家宅，有的是十分普通的民宿，玄关外还扔着小孩子用的橡胶泳池。也有一些人家看上去比较特殊，房子造得有点儿像别墅，阳台异常宽敞，还能看到四面都是大玻璃窗的客厅。这一片的房子和两年前比没什么变化，不过其中也掺杂一些贴着告示的房子，告示上用大大的红字写着"正在出售"。再向前走一段路，会走到一座伫立在广阔田地间的铁塔旁，它的对面，就是波光粼粼的大海了。

我只穿了一条沙滩裤和一件 T 恤，但已经是一身的汗了。外婆怕我中暑，于是找了一个很旧的表面有红色花纹的水壶（她管这个叫暖瓶，估计是外公生前用过的东西吧），里面装了麦茶让我随身带着。还找来一顶宽檐草帽，硬扣在我头上。我看到大海就在眼前，忍不住沿着坡道疾跑起来。

　　肩上挂着那个暖瓶，麦茶在里面扑通、扑通作响。沿着海岸边的国道，我瞅准了没有车经过的间隙快速跑过去，穿过一片防风林。白色的海岸，还有浪潮的声音。我怕脱下的上衣和草帽被风吹走，于是拿暖瓶压在了上面，又将一双沙滩鞋脱在旁边，便向着大海飞奔而去。海水将我包裹起来，仿佛温暖的洗澡水。我戴好泳镜，到了能游起来的位置，就开始用自由泳的姿势游了起来。海水愈来愈深，海水的蓝色也愈来愈浓了。我向下看过去，能看到成群不知名的鱼儿游动，还有海藻在摇曳。于是，我猛地一翻身，变成脸朝上的姿势漂浮在水面上。我简直想大喊一声"这就是自由啊——！"，我独自游着，夏日的阳光照射着我，海水拥抱着我。这片海和地球上另外的海相连。也就是说，离开陆地的我，就好像被什么地方给割舍掉了一样地自由。

　　我一边脚下踩着水，一边望向岸边。果然，这片海是最棒的！车站附近的海滨太乱了，人太多。这边的海岸上其实也立着几把遮阳伞，不过人并不多。海岸右边的沙滩滑雪场能听到小孩子们的吵闹声，我不由得想冲他们发火"来了这么好的海边，为什么就不来游泳啊！"。

我用蛙泳的姿势慢慢游到了岸边，随后再用自由泳的姿势游到海域最深处，如此往返，重复了不知多少个来回。有可能是游得用力过猛吧，中途感觉脚快要抽筋了。于是我爬上岸，举起外婆让我带的那只暖瓶，喝起了麦茶。外婆煮的麦茶里放了白砂糖，味道甜甜的，异常好喝。我在被阳光灼晒得发烫的沙滩上手脚摊成"大"字躺倒。我没涂防晒霜一类的玩意儿。虽然参加游泳部的社团活动时也会有一些晒伤，但泳池的晒伤和海滩可完全是两码事。明天我恐怕全身都会被晒得又红又肿吧，但过上两天就习惯了。阳光太刺眼，我抬起沾满细沙的手臂，遮挡着阳光。白色的太阳。它能像这般将万物灼烤，总觉得，太阳真伟大。我一边这样想着，一边再度向大海飞奔而去。

"晚上6点记得回来啊。"

出门前外婆是这样对我说的，但是我没带表。不过，眼下大部分举家出行的游客已经走了，海岸边只有寥寥几个人。夜色将至时，海边会多出不少情侣。这海岸边有一个和大海相通的大洞，叫作龙宫窟。有些去龙宫窟打情骂俏的家伙也会在这会儿出现在海边，看见那种人我也一样火大得很。

既然没法再游了，我的一天也就结束了。不知从何处传来了《晚霞夕照》¹的旋律，我猜这说不定就是6点报时的信号。可是，我仍旧对海边恋恋不舍，于是干脆一屁股坐在海滩上，就那么望着夕阳西下的海面发了会儿呆。

我一头套进 T 恤里，明明已经仔细扫走沙子了，可从我那干巴巴的脸上还在扑簌簌地掉沙粒。沙滩凉鞋里也全是沙。我想再去海水里冲一下脚，于是迎着海浪走了过去。此刻或许正是退潮的时候吧，海浪一个劲儿往后退，我一边让双脚在满是泡沫的浪花里浸着，一边远眺那马上就要落下海平面的太阳。

突然，有个声音飘过耳畔，听那音色，是在唱摇篮曲吗？那旋律听上去也很耳熟。我向右侧扭头看过去，正看到一个怀抱小婴儿的女人，她轻轻摇晃着宝宝，和我一样，穿着凉鞋的脚踩在浪花中。她穿着一件无袖的水蓝色衬衫，灰色的长裙。及肩的长发向右侧绾了一个结，左边的耳垂上戴着一枚小小的金色耳钉。她该不会是在哭吧？因为她唱歌时的音色听上去太过悲伤了。那女人看到我，嘴角微微扬了扬，可那微笑看上去也好似在哭泣一样。

"多大了呀？"

从我嘴巴里竟然溜出这么一句话来，最吃惊的还属我自

---

1 日本童谣，草川信为中村雨红的诗所作的曲子，初次发表于 1923 年。

己。这么问，不就是在和人搭讪吗？而且还是和一位有孩子的女士搭讪。我这穿着满是沙土的 T 恤、还被太阳晒得鼻头发红的家伙究竟在说些什么呢？然而，她毫无惊讶之色地回答了我，仿佛早就听惯了这个问题一样。

"马上就满一岁了。"她说。

可是，我想问的并不是你怀里抱着的那个宝宝的年纪。

第二天，我是被 LINE 的新消息提示音叫醒的。

我伸出胳膊看了眼时间：刚过早上 7 点。LINE 的消息又是朝日发来的。"想 12 号来呢，不知能不能留宿一晚呀，你能帮我问问外婆吗？ 12 号那天合不合适？拜托啦。"——再加表情包。朝日怎么突然就这么想来外婆家做客了呢？我有点儿想不通。不过，如果她是想来这边的海里游泳的话，那她的心情我倒是很理解。这边的海不同于江之岛那边的海，可不像泥水一样浑，这片海水的透明度是相当高的。我想着早饭时再和外婆讲这件事吧，于是将手机放回到了枕边，准备再睡个回笼觉。这时，脑海中浮现出昨晚余晖之中见到的那个人，还想起她轻声哼唱的那首悲伤摇篮曲的旋律。既然她有孩子，那年纪应该比我大很多，而且连婚都结了，说明是个非常踏实、认真的成年人吧。我再度睡眼蒙眬，伸腿将又闷又热的毛巾被蹬飞，再度摆成一个"大"字。那旋律好像一首哼唱出来的小调，是外国歌曲吗？还是什么儿童节目里唱的歌呢？大敞着的窗户上，垂挂下来的窗帘被风吹着一会儿飘向我这儿，一会儿又被吸回窗户边。看着那不规则的反复运动，我眼前突然浮现出那个人被夕阳映照的侧脸。侧脸，还有那旋律，我脑中不断回味着这两者，不知不觉便再度陷入沉睡。

"外婆，朝日说她后天要来留宿。"我一边走下楼梯，一边对站在厨房的外婆说。

"哎呀，朝日想来随时都欢迎的呀。小真在的这段时间她可以一直住我这儿。"外婆一边在砧板上很有节奏地切着黄瓜什么的，一边这样回答我。

听她这么讲，我不由得心里默默想："那可算了吧……"

"你去趟菜地，摘点儿番茄吧。"外婆面冲着洗碗池没回头地吩咐我。

我无声地答应下来，身上还套着睡觉时穿的 T 恤衫和短裤，就那么拿上菜筐和园艺剪刀走出屋外。时间还没到早上 8 点，可外面已经火辣辣地热起来了，庭院的土也干得发白。

出了玄关向左，庭院边缘是外婆拾掇出来的一方小小的菜地。黄瓜、茄子、番茄、青椒、紫苏、罗勒。外婆种了好多蔬菜和香草，她自己一个人根本吃不完。我揪了一颗表皮快熟裂的番茄，直接啃了下去。那味道仿佛太阳一般，完全吻合夏日的气质。我嘴里嚼着番茄，又一连拧下三颗，放进筐里。随后，我拧开了装在屋外的水龙头，长长的软管喷出水流。我洗了把脸，又哗啦哗啦捞着水冲了冲脑袋。一开始水还是温吞吞的，但过了一会儿，就变得近乎冰冷。我将水管扯长，捏住水管头对着庭院洒起了水。还一圈一圈地在干涸的地面上画起了纹路。在光线作用下，眼前出现了一片小小的彩虹。彩虹散发着梦幻般的七色光芒，真美。我像狗那样甩了甩头，拿起晾衣竿上搭着的一条已经干透的毛巾，擦走了头发里的水分。

刺鲳干、刚摘的番茄、米糠腌渍的黄瓜、纳豆、烤海苔、海带味噌汤。我觉得早饭还是和式的最棒。母亲做饭的手艺不差，但是早饭总是弄面包，很不合我的胃口。母亲有低血压，她说自己很难一大早爬起来做比较费工夫的和式早餐。我也是会赖床到最后一秒的那种人，所以没资格指责母亲。不过在外婆家的这段时间，我希望自己至少能学会亲手做味噌汤吧。

我一大早就连添三碗饭，看我这副模样，外婆笑意盈盈道："心情不错嘛。"

她嘴上念着，啜饮了一口茶。

"看到有人这样津津有味地品尝我做的饭，实在太开心了。"

外婆说什么都不愿意和我们一家住在一起，但是我不在的日子里，她一直是独自生活的。虽然邻近也有相熟的人，但我不经意会想：外婆不寂寞吗，比如，在深夜独自入睡的时候？可是，我没法开口问出"外婆你不会寂寞吗？"这种话。要是在去年，我说不定还能问出口。眼下我却觉得，问外婆这样的问题，似乎对她很失礼。

"多谢款待。"我合掌谢道。

外婆也对着我低下头回了一礼，道："粗茶淡饭而已。"我一边收拾着两个人的碗碟，一边思忖：对外婆这样一个人问"你不会寂寞吗？"这种问题，的确还是有点怪怪的。

今天也是个大晴天。我准备上午先出去一趟，于是再度向大海跑去。

"回来的时候买个西瓜吧，因为小真在，要买一整个哦。"外婆这样说着，将一张一千日元的钞票塞到我的手心。

大海和昨日一样等待着我，我也像昨日一般用自由泳的姿势向海的深处游去。随后，我暂且换成仰面的姿势，浮在水上望向天空。耳中回荡着唰噗唰噗的海水流荡声。我被海浪摇晃着，闭上眼，就这么漂着。为什么这样待在海上会如此安心？我不知道。将泳镜向上抬到额头，我又闭上了眼。这就是漂浮在羊水中的胎儿的感受吗？想到这儿，昨天那个女人的模样再次浮现在眼前，她说自己怀中的婴儿快一岁了。

昨天那个人竟然受了那么多苦，生下了孩子吗？我感到难以置信。

随后，我慢悠悠地用蛙泳的姿势游回岸边。在沙滩上平摊开手脚，摆成一个"大"字。接着又起身向大海游去，浮上海面，最后再度用蛙泳的姿势折返。

我没戴表，所以不清楚具体的时间。不过感觉肚子开始饿了，太阳也几乎升到了正当空。我猜这会儿应该是中午了，于是将脱在一边的T恤套回身上，踩上沙滩凉鞋，又将毛巾挂到脖子上，再戴上草帽，离开了沙滩。

国道沿途就有一家超市，从海岸步行过去差不多五分钟。它和大城市里的时髦超市不同，是个贩卖日用品和少量农用工具的乡村小店。看到店门口那堆成小山的西瓜，我陷入了迷茫。我还从来没买过一整个西瓜呢，这恐怕是有生以来第一次了。就连母亲买来的西瓜，也都是切成四分之一的。我一边琢磨着，是不是敲敲，听声音判断就行了，一边用手掌一个一个地拍着西瓜，还伸着耳朵凑近去听声音。有的嘣嘣响，有的砰砰响。可是，我并不知道发出什么样声音的西瓜是好西瓜，于是越敲越迷茫。

看我这副样子，旁边一位身穿白色围裙的阿姨笑着对我说："我帮你挑一个吧。"

"那麻烦您了。"

谢过阿姨，我发现她果然也开始对着西瓜敲了起来，但是和我敲出来的声音完全不同。我不禁想：原来能用那么大力气敲吗？

"要想马上吃，这个不错哦，熟透了。"阿姨说着双手捧起一个西瓜递给我，那种沉甸甸的感觉瞬间传递到了我的手上。

"西瓜皮上不是有这样一道道纹路嘛，纹路越清晰，瓜越好哦。"

"欸？"

听我这样回答，她又一脸恶作剧地坏笑道："这可是秘密哦。"

付过账后，我将装在白色塑料袋里的西瓜挂在肩上，返回外婆家。走到一些斜得比较厉害的陡坡时，游泳之后的疲劳感和西瓜的重量便双双逼得我步幅变窄。脚下的沙滩凉鞋也快走掉了。我生怕把西瓜摔裂，于是不停变换姿势，一会儿抱在胸前，一会儿又移到左肩。可是怎么拎都好沉，于是干脆把它扛了起来。沉甸甸的西瓜给腰部带来不小的压力，甚至比扯得越来越细的塑料袋提手不断勒进肩里的感觉还明显。

见我满面通红地抱着西瓜回来，外婆忍不住笑了。

"看你脸这么红，还出了这么多汗，这么爱惜这个瓜吗？"她一脸高兴地说。

倒不是因为搬了西瓜的缘故，不过吃了午饭，我爬上二楼一骨碌躺下，不知不觉便睡熟了。不知何时，我猛然惊醒，看了一眼榻榻米上的电子钟，显示是 14 点 50 分。嗯，还有时间游泳呢。想到这儿，我放下心来，正想躺回榻榻米上睡个回笼觉，却突然听到楼下传来的声音。

有外婆的声音，还有另一个，应该是和外婆年纪相仿的女性的声音，其间偶尔还会混进一个年轻女人的声音。我并不想偷听，但外婆和那个同龄女性的声音很大，对话的内容也就零零散散地飘进我耳中。

总是出轨，要离婚嘛，得再找工作，都说了送幼儿园很麻烦的……这些只言片语的间隙，还掺杂着微弱的抽泣声。我多少感觉到了，现在最好不要下去，可肚子突然饿得厉害。于是我决定蹑手蹑脚地走下楼，去厨房摸点剩饭菜垫垫肚子。可是外婆家的楼梯实在太老旧了，不论我多么小心地下脚，都还是会发出声音。我一阶一阶地踮着脚尖缓缓下了楼，外婆她们似乎是在玄关侧面那间摆了张巨大炕桌的和式房间里坐着。

厨房桌子上，用剩饭捏的饭团就放在盘中，还包了保鲜膜。我扯开保鲜膜一角，坐在厨房地板上啃起了饭团，又准备喝点儿麦茶，于是打开了冰箱门。这时，从和式房间那儿传来一阵脚步声。不像是外婆的脚步声。那声音很小，啪嗒啪嗒，像是一双底部濡湿的小脚沿着走廊跑来的声音。随后，我看到厨房的磨砂玻璃门上映出一个小小的手掌印。"哒——"，我听到这样一声。随后，从门旁探出一张脸，是个小婴儿的脸。"哒——哒——"，那个小婴儿一边嘴里念叨着，一边伸手指着我。他可能是喜欢我手里捏着的那个饭团吧，婴儿嘴巴里含着手指，嘴角淌着口水向我走近。我揪了一小块儿饭团递给他，于是他伸出短短的手指拈住那块儿饭团，塞到了嘴里，然后笑了。"哒——"，他说着，再次伸出手。这是"再给我一块儿"的意思吗？于是我又揪了一小块儿饭团，递给小婴儿。小家伙面颊上粘着饭粒，嘴巴一动一动地嚼起了饭团。

"哎呀，阿步，可不能这样子呀。"

走廊那头传来人声和脚步声，小婴儿似乎是在寻找声音的来源，开始向着对面小步走去。这时，一个身穿无袖V领、质地丝滑、下摆很长的连衣裙的女人，和那婴儿刚才的动作一样地从门后探出脸来，她将婴儿抱起，说道："实在抱歉呀，让他这样随便进来……"

她说到这儿，方才看清我的脸，于是露出一个有些吃惊的表情。

不过，似乎是我比较早地"啊"出了声。她就是我昨天在海滩见到的那个人。

紧接着，外婆也啪嗒啪嗒跑来了厨房，她看到那个小婴儿之后笑了。

"饭团是好东西，但别什么都给小宝宝吃啊，小真，因为不知道宝宝会对什么食材过敏呢。"

"真是不好意思，我们家这个宝宝太不怕生了……"女人垂下了头。

"我给他切块儿长崎蛋糕当点心吃吧。阿步他能吃长崎蛋糕吗？对鸡蛋过敏吗？"外婆这样问她。

于是她回答："好的，他能吃的。真是太不好意思了。"声音里还带着哭腔。虽然看上去并不像是在哭，只是很普通地讲着这些话，可我总觉得这个人的声音好像在哭啊。

"相川奶奶也来了，小真你快去问候一下吧。"外婆说着，催促我进了和式房间。

"哎呀，小真！好久没见都长这么大了。"见我低头行礼，相川奶奶便大声说道。

相川奶奶就住在外婆家附近，之前我也见过她几次。

外婆端着托盘回到和式房间，托盘上摆着长崎蛋糕和咖啡杯。阿步被那个女人抱在怀中，此刻正一心扑在蛋糕上。

"阿步也会这样一转眼就长大吗？"坐在炕桌边的相川奶奶一边喝着外婆泡的咖啡，一边扭头问坐到檐廊藤椅上的我。

也就是说，那个婴儿是相川奶奶的外孙，那个女人是她的女儿？我一边将长崎蛋糕分成小块儿，一边在心中思索。

"小真很孝顺外婆的嘛。以后阿步长大了，不晓得他会不会也自己跑回我这儿来呢。"

我也不知道该如何回应她这句话，只好摆出一副笑脸。一旁的阿步吃完长崎蛋糕似乎又开始闹起了瞌睡，在女人怀里打着挺哭了起来。

"宝宝困了，也到他午睡的时间了呢。"女人如此对相川奶奶说，随后她就那么抱着阿步站起身，跑到和式房间的角落里晃动起身体来。

于是，外婆和相川奶奶就开始聊起町会啊、会费啊这些我根本听不懂的话题，于是我便开口道："外婆，我去游泳了哦。"

说罢，我又对相川奶奶和那个女人低头敬礼，随后便走出了房门。

我折回二楼房间做好去游泳的准备，走出玄关时，看到她正抱着阿步站在庭院里一株很壮的蚊母树树荫下。阿步已经睡得很熟了。虽然是在树荫下站着，但那个地方应该还是很热吧。不过我总觉得，她似乎是想一个人待着。她看到我，露出一个淡淡的微笑，轻轻低了一下头打招呼。我也对她低头问候了一下，从她面前走了过去。一边走，一边还在想：她真的是总挂着一脸哭相啊。

那天，我似乎总也找不到游泳的感觉，光想漂浮在海上发呆。

我脑子里在回忆刚才从楼梯上偷听到的，外婆和相川奶奶的对话。出轨，还有离婚什么的，都是在聊那个女人的事吗？对话的空隙，还会听到微弱的抽泣声。我想，那恐怕是她的声音吧。什么结婚、离婚，我是完全搞不懂的，而且感觉离自己很遥远。爸爸妈妈一天到晚在电话里打嘴架，但我觉得他们两个关系应该还不错。如果关系差，妈妈应该就不会跑到独自远调的爸爸身边吧。出发去京都前，妈妈还琢磨要给爸爸做些什么好吃的，甚至特意用手机拍下了菜谱。父亲独自远调这段时间，会瞒着妈妈和我在京都搞外遇吗？这些事在我脑子里转个不停。那女人泫然欲泣的脸不断出现在我眼前。我憋了口气，一直下潜到不能再深的地方，然后又浮回海面，对着大海开始了一通用力过猛的自由泳。

到外婆家的第三天，因为每天跑去海边游泳，我晒得一天比一天黑，洗脸池的镜子映出我的脸，会把我自己吓一激灵。

吃早饭的时候，放在饭桌上的手机振动起来。因为正在吃饭，我就只瞟了一眼屏幕，是朝日发的 LINE，写的是她明天到站的时间。

"外婆，明天朝日午饭前到。"

"啊，是吗？那得去接她呀。我还给她准备了浴衣呢，她要是能穿就好了。朝日她应该也长大了不少呢。"

朝日最后一次和全家人一块儿来外婆家做客，还是在小学高年级那阵子。读高中之后我就不太清楚她的状况了。不少和我考了同一所高中的初中同班女生，在进入高中之后突然就成熟起来，把自己打扮得花里胡哨的。我暗自思索：要是朝日也变成那样，我多少会有点儿抵触。一直到初中，朝日都是个身形仿佛树枝一样瘦削的女孩子，但是正义感超强。念小学的时候，游泳课上有男同学嘲笑她，喊她"麻秆儿"，于是朝日举着大扫除用的拖把绕泳池追着他打，最后把他戳进了泳池。其实我们俩只是发小，并没有特别亲密。不过在学校的时候，我总感觉自己余光里有朝日的身影。我们的关系很像亲兄弟，总是说不清道不明地彼此关切。就是这么一种关系吧。

"哎呀，这是什么？"吃过饭，外婆正准备沏茶，却弯腰向着地板蹲下身。

她手上拿着一只花花绿绿的毛毡做的小象玩具。

"这是阿步的玩具吧……应该是昨天多江忘在这儿了。"外婆说着，将那只小象放在桌上，又折回厨房了。

多江，多江，她叫多江。我喝着外婆准备的茶，吃着西瓜，脑子里不断重复着这两个字。毛毡小象的脖子上装饰着铃铛，铃铛被天花板垂下的吊灯照亮，闪着柔和的光。总觉得，那光似乎将我内心最深的地方照亮了。

"朝日，哎呀，你变漂亮了哦。"见朝日从检票口走出来，外婆一把搂住她的脖子，大声嚷着。

外婆和朝日差不多一样矮，朝日也热情地揽着外婆的后背。两个人激情相拥，其他从检票口走出来的人都暗暗侧目。搞得我也有点儿不好意思。

"外婆，好久不见了，好想你呀！"朝日松开外婆的后背说。

她穿着横条纹的衬衫、长裙和白色沙滩鞋。她一直到中学都是长发及腰，这次却一口气剪短到了下颌位置，成了波波头。她背着个灰色的双肩包，头戴一顶草帽，帽子上还装饰着一朵黑色蝴蝶结。她这模样显得特别成熟，而且好像还化了个淡妆。朝日到了之后看都不看我一眼，径直和外婆手挽着手向停车场走去。上了车，朝日坐在副驾驶席上，还在和外婆聊个不停。外婆一边开着车，一边不住地讲着朝日上次来玩儿的时候有多小，这次变得有多漂亮。估计是因为情绪激动，外婆把车开得飞快。朝日连头都不回一下。她肯定是故意的，我想。哼，朝日这家伙。

一到外婆家，朝日就开始把从家里带过来的大堆伴手礼一一摊开在厨房桌子上，一件又一件地和外婆讲解起来。应和着她的讲解，外婆的声音似乎也显得很高兴。比起光顾着往海边跑，根本聊不上几句话的外孙，还是能陪自己聊天的年轻女孩子的到来更让外婆高兴吧。我一边在走廊听着她们两个人吵吵嚷嚷的说话声，一边莫名产生一股嫉妒之情。

午饭是朝日和外婆一起做的。

"吃过午饭你们一起去海边吧。小真，你可得看好朝日哦，海里不知道会发生什么事呢。"

听到外婆那句"你可得看好朝日哦"，我突然觉得带她一起去海边好麻烦啊。今天都不能按自己的节奏游泳了。记得读小学的时候，朝日他们一家来外婆这玩儿。当时朝日说过自己很怕在海里游泳，于是还套了个救生圈下海。要是她现在依然如此，那我可就有种被硬逼着照顾小孩子的感觉了。

朝日将外婆给的暖瓶收进背包，对外婆大声说："我们出门啦。"她换了身和来时不同的水珠花纹无袖连衣裙。

"走了。"我对外婆说。于是她重复了一遍刚才说过的话："你可得看好朝日哦。"

我和朝日并排走在去海边的坡道上。等到外婆家已经不见踪影，朝日又回头看了看，确定没有别人之后，开口道："小真，你都不回我的 LINE 和信息啊！等来等去我发的消息都是'未读'状态，今天也是的，都到眼前了才知道能不能来，我这边也有很多安排的好嘛！"

我们走在被太阳晒得发白的马路上，朝日就这样对我发着火。我心想，这和刚才对外婆摆笑脸的样子也差太多了吧，同时对她的怒火保持沉默，不做任何回应。但是我这种态度似乎是在往朝日的怒火上浇油……可她说的那些，一般是对男朋友才会有的要求吧，我虽然心里这样嘀咕，但是嘴上还是解释道：

"我不怎么看手机……对不住。抱歉抱歉。"

"什么态度嘛，听上去一点儿都没在反省啊。"朝日对着我的胳膊猛捶了一记。

"好疼，你干吗啦！"我虽然这样抗议，但其实一点儿没觉得疼。

果然女生就是力气小。朝日还是一边喋喋不休地说一些莫名其妙的话，一边无数次地捶着我的胳膊。她一捶，我就嚷"好疼"或者"别打了"。可是走在她旁边，我又忍不住感觉自己那比她庞大很多的身躯有些吓人。读幼儿园和小学的时候，我们经常争吵，并扭打在一起。可如今，倘若我真的拿出力气来，朝日应该赢不了吧。一想到自己拥有这种力量，我忍不住感到有些可怕。

"我去换泳衣，你帮我把这个吹起来！"

到了海边，朝日就嚷着扔给我一个折叠起来的泳圈，随后向岸边唯一的一间海边小屋走去。那泳圈是透明的，像小孩子用的玩意儿。上面还画着椰子树、西瓜，还有烟火。唉，我叹了口气，然后开始吹起了泳圈。

过了一会儿，有人拍了拍我的后背。扭头一看，朝日换了一身泳装就站在我身后。她那身衣服虽然没到比基尼的程度，但确实是一套上下分体、露出肚子的白色泳装。最先映入眼帘的是朝日的肚脐。看到那个小小的浅窝，我顿时有些慌乱。于是我急忙扭过头，望着大海摆出一副若无其事的样子，继续吹起了泳圈。朝日走近大海，慢慢将双脚浸到海水中。真不简单！看了朝日身穿泳装的样子，我这样想。这是我最为直率的感想。我拥有朝日难以战胜的力量，可与此同时，朝日的身体却有着我从未见过的曲线和美艳。她的皮肤比海岸边的任何人都白。就连那些年轻男人，甚至孩子爸爸，都纷纷看向朝日。

"还没好吗？"朝日说着折返回来。

我一边将吹得鼓鼓的泳圈气口堵上，一边说："朝日，你得涂上防晒霜啊，不然会被晒死。"

"啊，我给忘了。"朝日说着，伸手去背包里摸索。她摸出一个白色的小塑料瓶，挤出乳液状的防晒霜，在胳膊和腿上涂了厚厚一层。

"后背就麻烦你啦。"她把手上的防晒霜塞到我手里，随后转过身背对着我。

我愣了一瞬，随后假装无事发生一般将防晒霜挤到手心里，抹到了没有被泳衣遮盖的皮肤上。朝日后背的绒毛随着我手部的动作浮动。手掌心直接触碰到了朝日的皮肤，这令我感到前所未有的羞涩。为了不让她注意到身体某一部分产生的些微变化，我提高了嗓音，喊了声"好啦，快走吧"，随即向大海跑去。我扑通冲进海水里，还像往常那样用自由泳的泳姿全力游向大海深处。等回头一看，朝日仍旧逗留在海滩，套着泳圈在水上摇摇晃晃地漂着，一脸幽怨地望着我。啧……我心里咋了下舌，又游回到了朝日身边。

我在她身后推着她的泳圈，两腿上下踩着水向海面冲去，冲的位置比刚才游到的还要远，这附近一个游泳的人都没有。朝日一边回头看，一边小声嘟哝："够了吧，别再游了吧……"可不知为何，我心底里突然生出一种想对朝日痛快地恶作剧一番的心情。于是我将朝日独自留在原地，自己继续向着大海前进。

游到离朝日有个十米左右的距离之外吧，我摘下泳镜，扭头去看朝日。当看清她的脸时，我吓了一跳。她的表情，就和我初次在岸边遇见多江时，对方脸上的表情一模一样。

是我害朝日露出了那种表情。其实在她无数次发 LINE 和信息，反复说自己想来外婆家的时候，我就依稀感觉到她的用意了。但我还是装作没在意的样子，故意捉弄她，害她变成了那副模样。我感觉海水的温度似乎突然下降了，抬头一看，刚才还那般灿烂的晴空突然变得阴沉，就连海浪似乎也狂暴了起来。

我游回到朝日身边，将她身上那个正对着我的泳圈转了个向，推着它向岸边游去。这期间，我一直紧盯着朝日后颈凸起的那节背骨。

"总感觉好像要下雨。"我对朝日说。

她没有回过脸来，只是面冲前方，像个孩子一样用力点了点头。

"要是天晴的话，你们本来还能去龙宫窟呢。"我和朝日被大雨淋得浑身湿透地回到家，外婆把干毛巾递给我俩，这样说道。

"不过，这些倒是可以在院子里弄。"说到这儿，外婆将摆在玄关鞋柜里的烟花袋子指给我和朝日看。

"刚才相川家的多江拿来的，说是买了很多，送我们一些。她来取阿步的小象玩具时说，在海岸边看到朝日和小真了。那孩子啊，真是太多虑了……"

多江，多江她，是不是以为朝日是我的女朋友？听了外婆的话之后，我首先想到的就是这个。要是她这样想的话……我的大脑开始飞速运转起来。多江会这样想也很正常吧。我在心里琢磨着这些，耳朵里听见朝日用和海边完全不同的音调在讲话。

吃完晚饭后，朝日穿上了外婆拿给她的那件印着牵牛花图案的浴衣，兴奋极了。不论是泳装还是浴衣，都很适合朝日。她很可爱，是所有男人见了都会兴奋地大喊"好可爱"那种，可是……

虽然也邀请了外婆一起放烟花，但她说天太热了，身体有些虚，于是早早就在玄关一侧的和式房间躺下了。外婆那种有意为之的"照顾"搞得我有些烦躁，尽管她明明没什么错。

大雨方歇的庭院里，盈满了热气腾腾的青草气，其中还混杂着被夜风携来的一阵阵海水的咸味。抬头望去，浓淡相宜的灰色云朵正快速地在天际流淌，还能听到虫鸣声。不过，听到虫鸣声，就意味着秋天的脚步近了。于是我莫名感到一阵寂寞。朝日面无表情地打开了装着烟花的塑料袋。我从外公的佛龛边拿来一根蜡烛，立在铺路石上，又用打火机点着。

有多久没放过烟花了呢？我记得上次来外婆家的时候就没放。朝日拿出一根前端包着纸穗的烟花，放到火上，一阵火药味传来。这明明应该是我最爱的夏日的味道，可在我面前的是面无表情，或者说是板着一张脸的朝日，所以我根本感受不到心动。朝日看上去并不享受放烟花的乐趣，她似乎更想要赶紧结束这一切，一根接一根不停地点着火。我有点儿不想让烟花那么快就点完，闲极无聊，便拈着点着的烟花转起了圈圈。

"我说啊……"在我们俩手上都没拿着烟花的当口，朝日说道。

我清晰地意识到自己的身体僵了。黑暗之中，唯有烟花燃尽后的白烟在飘动，还有仿佛残响一般的夜虫鸣叫声。

"我……"朝日看向我这边继续说，"我，我喜欢小真。从念初中的时候起就喜欢了。"她的声音有些微微发抖。

"嗯。"我没出声地点了点头。

"小真你呢……"我听到朝日咽了咽口水，"小真对我有没有……"

"对不起……"

"有喜欢的人？有正在交往的对象？"

"……没有正在交往的人啦，但是……"说到这儿，我脑海中浮现出那个人的脸。那个抱着阿步，泫然欲泣的人。多江。

"有很喜欢、很在意的人？"朝日说着直接蹲坐下来，我还以为她要倒下了。

"我穿泳装的样子，可爱吗？"朝日抬起头问我，于是我点了点头。

"穿浴衣的样子也很可爱，对吧？"我再一次点了点头。

"这样也不行吗？"

"朝日对我来说，是很重要的发小啊。"我知道从自己口中说出这句话有多残酷。可是，我没法撒谎。

朝日抓了一把线香烟花，直接靠到蜡烛上点火。一根线香烟花点着火之后是一小团火球，一整把的话，就变成了一大团。那火球噼里啪啦地响着，发出的光芒仿佛向四方蔓延的枝丫，转瞬之间便燃烧殆尽，摔散在了地上。

朝日把脸埋在双手间。从她头部的动作看得出应该是在哭，却听不到抽泣声。或许是不想惊动已经睡下的外婆吧。

"对不起啊……"我这样说着，内心十分确定自己有一天也会落得和朝日同样的下场。那天，应该很快就会到来了。

"以后随时来玩儿呀。"

朝日和外婆像来时一样在检票口热情相拥。朝日走进检票口之后，又扬起胳膊挥了挥，随后低下头，转瞬消失在了站台上的人流之中。她的脸微微有点儿浮肿，但是眼睛却完全不红肿。早饭的时候，她还一边语气欢快地和外婆聊着天，一边忙这忙那。不过，自从昨天放过那场烟花之后，她就再也没有看过我的脸。不论是早饭的时候，还是现在。倘若她坐的那趟车的座位能看到大海就好了啊，我默默地想。

坐着外婆的车回了家，我远远看到玄关前那棵蚊母树的树荫下站着一个人。车子靠近后看清了那人的脸，是多江。我感觉心脏猛地一颤。

"给您送点儿沙丁鱼，妈妈说有人给她拿太多了。"她一边说着，一边将一个看上去很有分量的白色袋子递给外婆。

"哎呀，送这么多！真不用这么客气的啦。"外婆说到这儿，身子突然一晃，紧接着便倒了下去，我急忙伸手抱住了她。所幸外婆的头没有撞到地面，但是她跌进我怀中的身体是瘫软的，彻底没有了力气。

"外婆！外婆！"我一遍一遍地喊着。

"不要动她的头，让她原地先躺下。"之前一直泫然欲泣的多江，此刻正口齿清晰地指挥着我。

我只知道一个劲儿地点头，救护车也是多江喊来的。我能做的就只有在救护车到来前，在外婆的脸上举起手掌，帮她挡挡太阳，仅此而已。

"是轻度中暑，很快就康复了。大夫说了，脑部没有任何问题。"多江这样告诉我。

直到外婆的检查结束，我都一直在医院的走廊上站着。听她说完，我的双眼竟出乎意料地盈满了泪水，还以为外婆可能就这么撒手走了……我觉得这样子很丢人，于是扯着 T

恓的袖子，擦掉了眼泪。

"你吓了一跳吧，不过一切都好，放心吧。"多江抓住我的手腕说，仿佛在安抚一个小孩子。

她的声音好温柔，真想被她抱在怀中放声大哭啊。像个小孩子那样哭一场，假装天真地哭一场。

"……对不起，让您费心了……"我总算挤出这么一句话。

多江听我这么说，轻轻抚了抚我的手腕道："住两三天院就能彻底恢复了，别担心。"

多江说着，又露出了笑容。那张笑脸深深地烙印在我心里。露出那个表情的她，和总是泫然欲泣的她简直判若两人，那是一个强大又温柔的女性的笑脸。

多江就那么回去了。

我走进病房，外婆见我进来，抬了抬一侧的胳膊打招呼，她另一侧的手上正打着点滴。凑近一看我才注意到，她细弱的手上布满了皱纹，的确是老人的手啊。平时外婆实在太有活力了，我都没注意到，其实她比我想象的更年迈。

"可别给京都那边打电话啊，那孩子听了肯定担心得跑来看我。"

"知道啦。"我说着一屁股坐在外婆病床边的圆形椅子上。

"是多江帮喊的救护车吧？让小真吓了一跳，真不好意思。"

"没有……"我没出声地摇了摇头。

紧接着，外婆开始一样一样地告诉我冰箱里都有什么，准备跟我详细讲讲那些东西该怎么吃，我急忙打断她道："别担心啦，我自己一个人没问题的。"

"还以为就要这么去找你外公了呢。"外婆说。

"别这么说啊！"我想反驳她，可最终没能说出口。我只是沉默着为外婆又掖了掖脖子边的被子，并问出了一个一直想和外婆打听的问题："外婆，你和外公是恋爱结婚吗？"

"不是啦，也不记得是哪个亲戚拿了他的相亲照片，看了之后又见过一次面，然后就结了婚，生了小孩。"外婆说着抬起没打点滴的那只手，将搭在前额的头发向脑后抚了抚。

"虽然对彼此完全不了解就结了婚，但你外公人很不错，我运气也不算差，是吧。"外婆说着，嘿嘿笑了。

"干吗突然问我这个啦，小真也到了会在意这些的年纪了吗？"外婆又说，随后又笑了。

外婆住院这阵子，我也没心情去海边了，独自待着心里也空荡荡的，于是我把外婆家彻底打扫了一番。将散落在地板上的报纸卷好扎成捆，将晒好之后堆成小山一般的毛巾和衣服叠好。把厨房地板、走廊和檐廊全用抹布擦了个遍，还擦了窗玻璃，为浴室除霉，给坏了就扔着没管的走廊照明灯换了灯泡。晒好洗过的衣物，吃过自己简单做的午饭，我就去医院。外婆的脸色也一天天好起来了。

我坐在外婆的病床旁，明天她就能出院了。这时，床帘被轻轻掀开，多江探头进来。我正要站起身，她却伸手拦住了我，站在原地说道："我明天回东京，我老公要来接我。"

"是吗？那太好了。"外婆看上去很高兴。

"我去买果汁——"说罢，我对多江低头行了一礼，随即跑出了病房。

多江她，明天就不在这儿了。

我跑到走廊上，看到窗外正被夕阳一点点晕染成橘色的天空。明天，多江要回东京了。也就是说，我以后可能再也见不到她了。一想到这儿，我就感觉胸口的某个地方像被紧紧攫住一般生疼。

又过了一会儿，多江从病房里走了出来。

"您等一下。"我说着，跑进病房告诉外婆自己明天会准时来接她出院。

外婆不知为何轻轻擦了擦眼角道："嗯，我等着。"

她只说了这么一句。

"那我也先回了。"说罢，我和多江一起走出了医院。

外面的气温要比我刚到外婆家的时候凉爽很多。我和多江肩并肩走着，从这儿起沿着海岸边的国道走，再上一个坡道就到家了，大概会花个十五分钟吧。我心里琢磨着该如何再拖延一些时间。多江走在我旁边，她脑袋的高度正好到我肩膀的位置，不经意低头一看，我发现多江手里提的那个小小的红色编织手包里，放着各种各样的小物件。都是她活下去所必需的。要作为某个人的妻子，要作为阿步的母亲，活下去——

"那个……阿步呢……"

"嗯，我妈妈在照顾呢。哎呀，比起我他现在更喜欢外婆啦，总是吵着要外婆。明天要走，他肯定会哭的。"

国道上堵了一排亮着尾灯的车子，旁边的海岸上已经一个人都没有了。天空的颜色从橘色变成了紫色，空气中已经盈满了夜晚的气息。

"对了，小真，咱们去龙宫窟走走吧？"

说罢，多江没等我回应，就从停着的车辆中间穿过，走向海岸边，我跟在她身后。小真，这好像是多江第一次直呼我的名字吧？

"我在这儿待了这么久，但是要带阿步嘛，所以一次都没能去海里游泳，也有点儿怕去龙宫窟……"

多江的语气十分轻快。看来的确是因为明天能回东京了，她的心情也变得轻松了吧，我想。她和我不认识的人之间的，我不清楚的纠葛，在我不知道的地方得到了了解决。

在暗下来的海岸边走了一会儿后，我们摸索着慢慢走下通往龙宫窟的台阶。我走在前面，伸手扶着多江。这地方很有名气，是情侣们的约会圣地。不过今天却只有我们两个人。眼前是一个连接到大海的巨大洞穴，潮水就从这个洞穴涌进来。多江坐在了一块不会被海浪打到的石头上，我找了个和她稍微拉开点儿距离的位置坐了下来。我们两个人沉默着，只听到海浪声来了又去，去了又来。

"我读高中的时候，还和第一任男朋友来过这儿呢。小真也和你女朋友来过吗？那个女孩好可爱呢。"多江目视着前方说道。

我一瞬有些迷茫——女朋友是谁？随后想起：啊，是说朝日啊。

于是我摇摇头回答："她不是我女朋友，是我发小啦，只是发小而已……"

正在这时，我突然想起了朝日后颈那节凸起的背骨。自那以后，朝日再也没有联系过我。我想，以后可能再也没法和她像过去那样聊天了。我伤害了朝日，那么这次……

"那边的那颗星，是心宿二吗？"多江突然抬头看向天空，伸出手去指。

东方天空中有一颗发着强光的明星，那光芒好似铝箔一般。

"哦哦，那颗是牛郎星啦，是天鹰座的星星。心宿二在南天上才能看到，是颗发红光的星，天蝎座的。从咱们在的这个位置应该看不到……"

关于星星的知识，每次来这儿爸爸都会讲给我。

夏季夜空中的三颗星组成一个大大的三角形。这三颗星中的一颗，就是银色的牛郎星，而低垂在南天的红色亮星则是心宿二。

"小真知道得真详细。"

听她这样讲，我感觉自己似乎显得太得意了，于是垂下脸又摇了摇头。

"我就是天蝎座的，听说天蝎座的人妒意很强，而且执念很深。"说罢，多江仿佛叹息般笑了。

"我是狮子座。"

"是吗？所以你是夏天生的哦。"

"多江姐……"多江看向我这边，四下太暗了，看不清她的表情，"我喜欢你。"

要说出这句话，需要极大的勇气，可我就这么一股脑地说了出来。我甚至还想，要是我的声音能被海潮盖住，无法传进多江的耳朵里就好了。可是，我曾伤害过朝日，所以这句告白，我必须让多江听到。

"谢谢……"多江就只说了这么一句话。

我们两人眼前，是被浪潮掏空的岩石，岩石正对着大海，我们两人头顶，是星空。仅此而已，再无他物。短暂的一段时间里，我们两人都沉默着。

"回家吧。"多江轻声说。

她或许是对我刚才突然冒出那样一句话感到有些害怕吧。我还坐在石头上，维持着这个姿势又待了一会儿。我能听到多江爬上台阶的声音，又不知何时，她的脚步声也听不见了。

第二天上午，我去医院接外婆出院。相川奶奶也在。她帮外婆换衣服，整理行李。

"你身体恢复了就好啊，小真是不是也吓了一跳啊。"

"是啊。"我回答，心里想着的是已不在相川奶奶身边站着的多江。她可能今天一大早就回东京了吧。她丈夫来接她，她就这么回东京去了。和丈夫，还有孩子一起回去了。

回到了东京的某个地方，某个我不知道的地方。

回到家后，外婆看到家里收拾得这么干净利落，惊讶极了。

"让你这么担心我，真对不起呀，小真。"她说着，抱住了我。

"外婆突然觉得，小真也长大了呀。"外婆的声音里带着哭腔。

吃过了我煮的素面和相川奶奶拿来的炖鱼块，外婆便在我铺好的被褥中躺下，说道："小真，你去游泳吧。夏天马上就快结束了。"

于是我自己给暖瓶倒上了麦茶，沿着坡道向大海走去。

在我没过来的这三天里，海岸已经若无其事地染上了浓浓的秋意。从夏天到秋天的转变，就好似换了一身衣服。之前灼热地烤着手臂的太阳也减弱了威力。我忍不住在心底里嘲讽太阳：再拿出点儿干劲啊！这不还是8月份呢吗？

海岸上还有几家子游客在玩耍，但都是在水边逗留，还有一些在玩儿沙滩滑雪，没有一个人是在海里游泳的。估计是因为到了水母出没的季节了吧。

我脱掉了T恤和沙滩凉鞋，向着大海飞奔而去，随后一口气游向最远的地方。中途我还感觉有什么软乎乎的东西从两脚之间擦了过去。要想蜇我，那就蜇一个试试！我在海中猛地仰面朝上浮了起来，那种刚来到外婆家，第一次下海时的自由感早已烟消云散。不如说，我此刻虽在海里漂浮着，却感受到了某种重力。

我有预感，十六、十七、十八，随着年龄的增长，这种重力也会逐渐增加。我想起了身穿浴衣的朝日，想起了错把铝箔色的牛郎星当成心宿二的多江。我曾经喜欢过她啊。想到这儿，我再度屏息，向着最深、最深的地方下潜而去。

珍珠星角宿一

真珠星スピカ

Virgo

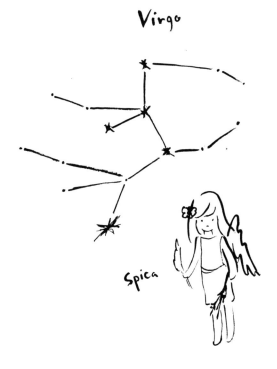

Spica

插图 ◎ 松仓香子

清早起床下楼，妈妈就坐在餐桌旁。她看到我，脸上露出一个微笑。没听到什么声响，爸爸应该还在睡着。我对妈妈出声问候道："早上好。"妈妈的嘴巴动了，但是听不到声音。幽灵，或者说死去的人，是不会说话的。这件事，是在去世的妈妈有一天突然出现在我眼前时才知道的。

我系上围裙开始做早饭。妈妈站在我身边（我之前总先入为主，觉得幽灵应该是没有脚的，可是妈妈的脚看得很清楚，还穿着一双很眼熟的袜子），她此刻正一脸担忧地望着我忙活。

小锅里的鲣鱼汁煮得咕嘟咕嘟，我直接用长柄勺子舀了一块味噌丢进锅里。于是，妈妈面带愠色，伸手指了指炉灶。

"哦，对了对了，下味噌之前得先关火。"听我说完，妈妈点点头笑了。

这时响起爸爸从二楼走下来的声音。伸出食指抵着嘴唇"嘘"了一声，我和妈妈相视而笑。爸爸一觉睡醒，头发乱得惊人。

他穿着睡衣问道："美知留，你刚才在嘀咕什么呢？"

听他的声音，似乎还没睡醒。

"没事没事，我在自言自语啦。"

"这一点和你妈还挺像的。"

说出这句话的瞬间，爸爸露出一个"说错话了"的表情，转身向洗脸池走去。我再度和妈妈对视，感觉她的脸似乎略带悲伤。

和爸爸一起吃早饭的时候，我们几乎没有对话。吃饭的时候像这样始终沉默的情况，也是妈妈去世后才有的，平时全靠妈妈讲话才能将我和父亲联系起来。爸爸目不转睛地读着报，伸出筷子夹起一块儿我烧煳了的蛋饼。我尽量不发出声音地喝着味噌汤。妈妈就坐在她生前常坐的那个位置，满脸温和地微笑着，望着我和爸爸吃早饭。啾——从院子里传来鸟儿鸣叫声。就算变成幽灵的妈妈坐在旁边，我还是觉得和爸爸两个人的早饭吃得有些憋闷。因为那个活着的妈妈已经不在这儿了呀，想到这里，我感觉心底里像被蚂蚁啃噬一般疼。妈妈就好似能感受到我的痛苦一般，摸了摸我的手。我望着她的脸，她点了点头，我也点了点头。始终盯着报纸看的爸爸才不会注意到这些。

沉默的早餐结束了，爸爸只说了句："那我出门了，小心用火，记得锁门。"

随后就慌里慌张地走了。他的头发还是睡得乱七八糟的，但我心想：才不提醒你呢。我将碗盘放进洗碗池里，又放了些水。随后去洗脸池前拾掇自己。我做这些的时候，妈妈一直默默地望着我。她伸出手指了指我的头发，好像是在说"你看看你这里"。我的头发也和爸爸的一样，睡得七撅八翘。于是我忍不住笑了起来，拼命喷柔顺喷剂，用梳子一通凶狠地梳平。明明去了学校也没人在乎我的头发翘不翘，我心里这么想着，总算还是把头发压顺了。

起居室里摆着装有妈妈遗骨的盒子，还有一座被白布盖着的小小祭坛。我每次看到，都会被那个盒子的尺寸吓一跳。到了暑假，爸爸好像会把遗骨迁回故乡的墓地。我换了祭坛旁花瓶里的水，马上要出门了，所以没有点香，就只摇了一下铃铛。妈妈则始终沉默地望着这一切。

我把起居室的窗帘拉上了。房间里变得昏暗，妈妈的身体则显得稍微浓重了一些。太阳光照着她的时候，妈妈身体的轮廓会变得有些模糊。就好像极光一样。我不由得担心，万一她被特别强烈的光芒照射到，该不会就直接消失了吧？

其实，我的确遇到过看不到母亲身影的情况。那是我在学校遭受霸凌，特别消沉的时候。明明越是遇到这种情况，我越是需要妈妈在身边的，可她跑去别的地方了。去了哪儿，我也不知道。但我想，也不能就这么一个劲儿地消沉下去，总得做口饭吃，想到这儿，我便从楼上的房间走下来。于是，我看到妈妈面带微笑，仍旧在餐桌旁她的老位置那儿坐着。

妈妈！我下意识想要抱住她，却只抱住了一捧空气。妈妈并没有实体，可是，当我抬起头，我仍旧能看到妈妈在微笑着。

一开始，我以为是妈妈突然离世使我遭受了太大的打击，所以脑子有点儿不正常了。再加上，我在学校还会被霸凌。这些伤心事累加在一起，我便突然出现了幻觉，能看到去世的妈妈了……应该是这样吧？可是，我的脑子并没有什么不正常。应该没有。虽然我一天到晚泡在校医室，但我的确好好来上学了。校医室的三轮老师没有什么意见，我的成绩还能维持在中上水平；工作繁忙的老爸也根本不会注意到我的异常，我的日常生活姑且还能维持。没事的，没事的。我就只是突然能看到妈妈的幽灵而已，仅此而已。我在玄关穿上了鞋，妈妈对我挥了挥手。她还没出过家门。

走出家门的时候，我有点儿紧张。今天可能又要挨欺负了吧。上学路边就是妈妈遭遇事故的地方，我不走那条路，选择绕远去学校。路上，我和几个穿同校制服的学生擦肩而过。我感觉自己的身体猛地一僵，紧张起来。我每天早上都会想：究竟为什么要去学校呢？我想见最喜欢的三轮老师，所以除非万不得已，我一定会去上学的。就算泡在校医室，只要我一天不休地去上学，是不是也能拿全勤奖呀？

妈妈遭遇车祸死亡，是在两个月前，当时那个长得仿佛望不到边的假期刚刚结束。下午3点刚过吧，有人来校医室通知我，是住我们家隔壁的阿尚（现在他是我的班主任，所以我在学校都喊他船濑老师）。他慌慌张张地跑进来，让我马上去急救医院。我坐上阿尚喊来的出租车，赶往邻市的急救医院。阿尚语气冷静地告诉我，妈妈好像卷进了交通事故，不过他似乎也不知道太多具体情况。到了医院之后，我们被直接领去了太平间。啊，妈妈她，已经死了啊，我心想。妈妈脸上盖着白布躺在那儿，可是我太怕了，不敢去揭那白布。太平间里凉飕飕的，渗着一股线香的味道。妈妈今天明明才说过，要做我爱吃的硬布丁呢。我永远吃不到那个布丁了啊，想到这儿，我突然悲从中来，但并没有流泪。

又过了一小会儿，爸爸也面色苍白地赶来了。他想把妈妈脸上的白布拿走，可是一旁的看护师制止道："死者的面部损伤比较严重。"但他还是扯走了白布，我立即紧闭双眼。随即，我听到爸爸发出一阵仿佛从身体里硬挤出来的哭声，我感觉那哭声似乎更可怕。他瘫倒在地上哭起来，那声音好似野兽的吼叫。

守灵和葬礼就那么迷迷瞪瞪地过去了，整个过程就像是坐上了传送带走了一遍。我同学和同学的爸爸妈妈们来了，握着我的手一边哭一边告诉我"加油呀"，但是我不晓得要加什么油。

有一阵子，是靠阿尚的妈妈一天三顿给我们送饭吃的，可是也不可能一直麻烦人家啊。爸爸倒是尝试着做过几次饭，但是他只能做出一股伍斯特酱味儿的咖喱饭，还有烧得焦黑的猪排、喝下去一口血压直飙上去的味噌汤……总之就是糟糕透了。我没参加任何课外社团，挺有时间的。在图书室读到一本《料理初学者》之后，感觉正读初一的我应该也能做到。

"我负责做早饭和晚饭，不过扫除就交给爸爸了啊。"听我这样讲，爸爸露出一个如释重负的表情。

《料理初学者》上写了怎么煮高汤。妈妈对做甜点特别有热情，但是她的手艺并不能说有多好。再说了，我压根没见过妈妈煮高汤，倒是见过她把速溶高汤颗粒哗啦哗啦撒进锅里。不过，我就试试吧。反正我放了学没有玩伴，没参加任何社团活动，也没报课外补习班，有的是时间。

烹饪实践课之外，我甚至都没有痛快切过菜，所以一开始进行得并不顺利。一直嚷着"好疼""好烫"，花了两个小时煮了一锅烂乎乎的土豆炖肉，妈妈（准确来讲是妈妈的幽灵）就静静地看着我做饭，感觉有点儿危险的时候，就用眼神表达。我做饭的时候，妈妈会一直陪在我身边。所以，就算我独自一人做饭，就算爸爸回家晚了，我自己吃饭，也不会觉得寂寞。

到了学校，我打开鞋柜准备穿上室内鞋，却发现上面用红色马克笔写了"狐狸精"三个字。捉弄人的手段真单调，我心想，随即叹了口气，套上了鞋。我没有去位于二楼的教室，而是从一楼的教职员办公室前经过，径直走向校医室。的确，我眼睛又细又长，还有点儿吊眼梢，所以写了"狐狸精"啊。脑子够短路的……想来，"短路"这两个字我倒是不会写。

读了中学后，我立即回到了这个我出生成长，一直读到小学二年级的城镇。在此之前，因为要跟随父亲调职，我每两年都要搬去日本某个城镇居住。我不在的四年间，这座小镇也变了样子。大家常去的粗点心铺和麦当劳不见了，站前还建起了高级的商城。

关系不错的朋友都考去了私立初中，留在公立初中的不是傻瓜就是人渣。转校的第一天，我在阿尚的催促下站在黑板前做自我介绍的时候，就是这么想的。这些话没说出口，但是或许从情绪上表现出来了吧，刚转校没多久，我就被傻瓜和人渣盯上了，成了被霸凌的目标。虽是有生以来第一次被霸凌，但就这么一天天地挨着欺负，我不由得心想：啊，这感觉可比想象的还要难受得多啊。

我的教科书上被人乱写乱画，或者被扔进垃圾箱，这些都算家常便饭了。我的运动服还被扔到过长满水藻的绿色泳池里。我没有拿手机，不过想想也能猜到，SNS 或者 LINE 的群里，说我的坏话应该多得数不清吧。

遭遇如此坎坷，给了我很大的打击，但我并没有哭，也没有发火。我从小就是这样，一直不是个爱哭的小孩。直接把喜怒哀乐表现出来，对我来说是很羞耻的一件事。同学们吵架了会大哭，远足分到同一个组会高兴得一蹦三尺，稍微被撞了一下，就挥着胳膊发火……我觉得这些做法都挺丢人的。看到这样的朋友，我会觉得他们好像动物一样。

可是，我这样的态度貌似会加倍激怒那些欺负我的同学。意识到这一点，是在我挨揍之后不久。

班主任阿尚自然注意到了我被霸凌的事，课外活动的时候他还组织讨论了霸凌问题。可我从自己的角度出发，就只希望大家别再欺负我了。也不知道从什么时候起，大家全都知道我和阿尚是邻居的事了。之后每次我们两个在走廊上说话，边上就会有人发出猥琐的嘘声。转学到这所初中我才知道，阿尚在女生中间还意外地蛮受欢迎，虽然我实在不理解他为什么会受欢迎。在这样一位很受欢迎的老师面前，我因挨了欺负反而更加受他关照，对我的霸凌也随之变本加厉，而且霸凌会转到阿尚看不到的地方偷偷进行。再说了，就算被人发现，也没有哪个学生会老实站出来承认"没错是我欺负她的"吧？霸凌存在于学校生活的阴影，霸凌他人的那些学生就像蛇，躲在阴影里的蛇会盯上一些看上去好欺负的小动物。这一次，那个被盯上的"小动物"就是我。

我的学习成绩并不拔尖，在学校基本不开口说话，每天活得像空气。我是转校生，是受欢迎的阿尚老师的邻居，而且有细长眼、吊梢眉，所以才挨欺负的吧……不过我这么想也于事无补，明明心里清楚，可一旦开始思索自己遭霸凌的理由，我就睡不着觉了。闭上眼，怎么也睡不着。房间的窗帘透出晨光，我却一秒都没睡。即便如此，我还是穿上了校服，向学校走去。

这种日子从我转校起持续了十天，然后，那天一早，我正要走进校门，却发现自己一步都迈不动了。校门两侧，品红色的玫瑰花随风摇曳，我出了一身汗。"油汗"这个词我是知道的，但那一天我还是第一次冒油汗。感觉就好像身体的"内芯"猛地变热，整个身体表面都变得滑溜溜的。随后，我又开始一阵阵泛恶心。上课的铃声响起来了，我却在原地动弹不得，那些踩着铃声跑进校门的学生都一脸不可思议地望着我。其中也有同班同学。我倒不指望他们关心我，但他们就那么嗤笑着走掉了。我开始发昏，随后陷入黑暗，眼前直冒金星。我当场蹲下身。想吐，但是我拼命忍着。

"喂，美知留！"怎么偏偏在这时候喊我名字啊（又要挨整了），我心里这样想。

不过，听到脸色苍白地跑来的阿尚喊我的声音，总感觉有些放心下来。阿尚把我背起来，或许是因为一下放松了，我猛烈地对着阿尚的背吐了起来。

"阿尚……对不起……"我道着歉，可是呕吐根本止不住。

"没关系，你全都吐出来就好了。"阿尚这样对我说。

我俩的样子，大家透过教室的窗户看得一清二楚。啊，我又要因为这种事挨欺负了啊，一想到这儿，我眼角泛起了泪。自然，流泪并不是因为呕吐。

大约有一个星期，我走到校门口就再也没法往前迈步。此后我便不再去班里，而是直接去校医室报到了。我早上走到校门口，阿尚在那儿等着我，然后把我背到校医室去。不然的话，我就一步都动弹不了。校医室的三轮老师看到阿尚过来，会有点儿脸红。

"你就暂时先在这儿学习吧，等情况好转了再去教室就好。"

听到阿尚这么说，我的眼泪唰的一下涌了出来。这种话，你倒是早说嘛，我心想。

我坐在三轮老师的桌前，按照每门课的上课时间拿出教科书，或者解答老师预先为我准备好的习题。

"其实你不用这么认真啦。要劳逸结合哦。要是觉得不舒服了，随时可以躺下休息。"三轮老师这样对我说。

要是除了我没有其他同学在，她还会从抽屉里拿出草莓味道的糖果给我。我晚上一直都睡不太着，所以刚翻开教科书，一阵困意顿时袭来。

"老师……我能稍微躺一会儿吗？"

"当然啦，快躺下吧。"三轮老师笑着回答。

校医室的床单和被子都是纯白色的，和家里的被子完全不同，还带着股消毒水的味道。三轮老师替我拉开了分隔床铺的白色布帘。就这么穿着制服和袜子钻进被窝，稍微有点儿不可思议的感觉。透过敞开的窗户，可以听到音乐教室的合唱声，还有体育馆内运篮球的声音。我听着这些声音，马上就睡着了。我睡得很深、很沉，在我自己房间的被窝里绝对没法睡得这么香，那感觉就好似被拽进了温吞吞的沼泽里一样。有时候我从上学到放学这期间，能一口气睡半天。

某天，三轮老师问我："佐仓同学，你晚上回家好好睡觉了吗？"

"睡了啊。"我虽然这样回答，但是感觉自己被看穿了。

我每天去校医室上学，是在妈妈去世半个月前的事。在学校被霸凌的事，我没有告诉妈妈。我说不出口。虽然想跟爸爸讲，但他总是工作到很晚才回来，我连他的面都碰不到。

不过，我想妈妈应该是知道的。虽然我会提前把被弄脏的鞋子和运动服弄干净，以免被妈妈注意到，但是怎么清理都弄不太干净。即便如此，到了周一，妈妈还是会把收拾得洁白如新的室内鞋和运动服拿给我。再说，阿尚也不可能什么都不和她讲。但是，妈妈什么都没说。关于我每天去校医室上学的事，她闭口不谈，佯装不知地为我做着早饭（虽然我基本吃不进去什么），然后送我出门去上学，这样的日子一直持续到妈妈去世。那天，一辆醉驾的面包车从她身上碾了过去。

妈妈走了以后，我不知为何就是哭不出来。这样欲哭无泪的生活一天天过去，睡不着的时候，我就走到二楼的阳台上，仰头看星空，因为也没什么别的事好做。灰色的云彩在天空流淌着，根本看不到星星。远远能望到垃圾燃烧场白色的烟囱，装在它侧面的红灯忽明忽暗地闪着光，而我始终沉默地望着这一切。

有一天，我突然感觉手腕附近有股暖意。在夜晚冰冷的空气之中，这丝暖意就仿佛有人用力哈了一口气一样。是爸爸吗？我心想着，扭过头一看，却看到了妈妈。妈妈就挨着我抱膝坐着，凝望着天空。我伸手揉了揉眼睛。因为受霸凌，妈妈又去世了，我实在太难受，所以心理承受不住，终于崩溃了吗？妈妈的身体是透明的，只有轮廓微微射出七彩的光芒，轮廓的线条时而单薄，时而浓重。我转到妈妈的正面去看她的脸。虽然很害怕，但我想先确认一下车祸的影响。完全没有，她的脸就和我那天去上学前最后一次见到时一样。

"妈妈？"听我这样问，妈妈没出声地点了点头。

"真的是妈妈？"她又点了点头。

"是妈妈的幽灵？"

听我说这句话的时候，妈妈露出有些苦恼的表情，或许是因为她不清楚自己究竟是不是幽灵吧。

妈妈没有出声。幽灵原来发不出声音啊，这我也是第一次知道。

妈妈抱着自己的胳膊，好像很冷一样地发抖。

"欸，妈妈，你冷吗？"

摇着头。不是的——她似乎是要表达这个。随后，她指了指我。然后又做了一个发抖的动作，指了指我的房间。

"是说我冷？"

对——妈妈点点头。然后双手合起来，放在脸颊下，闭上眼。简直像在玩做动作猜谜底的游戏。

"嗯，我这就去睡啦。"

听我这样说，妈妈露出一个放心的表情，微微笑了。就在那一瞬，她的身影消失了。我下意识地"啊"出了声。我慌慌张张回到房间，发现妈妈就站在我的床边。我钻进被窝，妈妈坐到了地板上，抚摸着我的头。我感觉不到她的手，但稍稍能感受到些微来自妈妈掌心的温度。我闭上了眼，但是心跳得很快。不知不觉间，我沉沉地睡了过去。那一觉睡得很沉、很沉，甚至超越了在校医室入睡的程度。来到这个地方，我还是第一次睡得这么香甜。

第二天一觉醒来，我急忙去找妈妈，妈妈还和昨晚一样坐在我的床边。在朝阳的照射下，妈妈的身体要比晚上显得更加单薄。我急忙拉上窗帘，把室内弄暗。妈妈的身影清晰了，我抱住了妈妈的腰。可是，她并没有实体，我只抓住了自己的双手。是我脑子出了问题才冒出来的幻觉也好，幽灵也罢，什么都可以。现在，妈妈就在我眼前。我抬头看她，只见她伸手指了指表。是在催我快去上学吗？我如此理解，于是慢腾腾地换上了校服。

下到一楼，我洗了脸，刷了牙，系上围裙，妈妈已经在厨房等着我了。她会用动作提醒我，把白萝卜再切细一些，或者帮爸爸把梅干拿出来一类的。有一点我很在意，那就是爸爸是不是也能看见妈妈的幽灵呢？只见他还一如既往地顶着睡得乱糟糟的头发，手里拿着报纸，坐到了餐桌边的椅子上。妈妈明明就站在旁边，但他完全没注意到。妈妈伸手指了指爸爸那头睡乱的头发，笑了起来。我也趁爸爸没注意，偷偷笑了。

我在妈妈的注视下和爸爸一起吃完了早餐，然后我们分头出了家门。我虽然希望妈妈也能陪我一起去学校，但她似乎没法走出家门。她站在门内冲我挥了挥手，我也挥了挥手。就这样，和变成幽灵的妈妈共同生活的日子开始了。

妈妈的身体被强光照射就会变得单薄，而且她不能说话，也没法走出家门。不过她在家里却能瞬间移动，这就是幽灵妈妈的实际状态。

每天去校医室上学的情况依然在继续。某天，阿尚来校医室对我说："要不要参加一下放学前的课外活动？"

我想了想，随后点了点头。

"你也不用勉强，要是不想去的话，不去也没关系的。"

虽然三轮老师这么对我讲，但我还是回了一句"我会去的"。这种每天跑来校医室上学的日子，我也不想永远持续下去啊。反正是课外活动，就只需要在教室里待几分钟而已……所以我下定了决心，跟在阿尚身后走向教室。

我坐在了教室最后面的位置上。霸凌我的那个团体里的主犯，一个姓泷泽的女生见我坐下了，便扭过头，转着眼珠望着我，眼里闪着光。

虽然很紧张，但我告诉自己，只要坚持几分钟就好了。课外活动委员讲话的时候，阿尚一直看着我，不住地点着头。眼尖的泷泽注意到了，于是瞪视着我。阿尚这家伙，差不多得了啊！我心里这样想着，掏出手绢来擦额头的汗，一动不动地定在座位上。等到结束的时候我整个人都虚脱了，甚至没办法从椅子上站起来。阿尚走到我的身边，我想赶快站起来，可是腿就是使不上力气。

阿尚"嗯"了一声，随后在我眼前蹲了下来，把后背亮给了我。

"没关系啦。"我这样对他说，但是声音听上去气若游丝的。

阿尚一动都没动。没办法，我只好像上学时那样，让阿尚把我背了起来。众人看过来的视线刺得我浑身疼。阿尚脖颈周围的汗珠闪着光，散发着一股男人味。没人发出嘘声，但我在被阿尚背着走出教室的时候不禁想：明天又要被欺负了啊。

果然，我的预感没错。一打开鞋柜，就看到里面塞了几张纸，上面笔画缭乱地写着"少勾引船濑老师！"。我那双洗过好几遍，总算把"狐狸精"的字迹洗淡了一些的室内鞋上，这回又有人挨着"狐狸精"用很粗的红色马克笔写了"淫乱女"（似乎是不会写"淫乱"那两个字，所以写的假名）三个字。我根本不知道怎么"勾引"别人，而且我也不是淫乱女，我甚至都没有喜欢的人。看到这些的瞬间，我忍不住想放声大哭，可是眼泪没流出来。

阿尚先去教职工办公室了，于是我迅速把写着"少勾引船濑老师！"的纸藏进书包，穿上写着"淫乱女"的室内鞋走向校医室。

在校医室的时候，我总是尽量让自己保持清醒，可那天我却想马上躺下。于是我问道："老师，我能稍微睡一会儿吗？"

"当然啦。"三轮老师和平时一样笑着回答我。

我磨磨蹭蹭地爬进被窝，三轮老师帮我整理了一下鞋子。

"哎呀，这……"三轮老师说着拿起我的鞋，她皱起了眉，"太过分了。"

听她这样说，我感觉鼻子里猛地一酸。是啊，太过分了，我也这么觉得。可是，我不知道该怎么办才好。

"和船濑老师谈谈？"

"不用了。"我立即回答。

要是让他知道的话，他一定会马上追问这件事究竟是谁干的。如此一来，我向他打小报告的事情立即就会败露。因为阿尚和我走得很近，我才会被这样欺负，所以他那样做也制止不了霸凌的发生，只会让霸凌愈演愈烈吧。虽然我什么都没说，但是三轮老师似乎或多或少明白我在想什么。

"……船濑老师他呀，其实有点儿理解不了别人的心情呢，是吧。"

三轮老师说着，轻轻地笑了。虽然对我来说这没有什么好笑的，但是自己和三轮老师对阿尚的看法有相同之处，这一点我挺高兴的，也有种心情被对方理解的感觉。

　　"那我今天就不和他讲了，你好好睡吧。"

　　三轮老师说完便拉上了帘子。风吹过敞着的窗户，掀动了窗帘。看着这一幕，我立即沉入了安眠的世界。

　　那天，理解不了别人心情的阿尚又来校医室接我了。我只"出席"了放学前的课外活动。说实话，我根本不想参加，我只是想一点点增加自己在教室里待着的时间。

　　"啊，糟糕，我忘把复印的资料拿来了，大家稍微等我一下哦。"阿尚说着，就离开了教室。

　　于是教室里叽叽喳喳热闹起来，我顿时开始紧张。因为没人跟我说话，于是我手撑着脸颊，有一搭没一搭地望向窗外。突然，我感觉好像有人过来了。抬头一看，泷泽和她那几个小团体的成员就站在我面前。啊，要是直接对着我说什么，该如何是好，我感觉心脏狂跳起来。可是，泷泽紧接着说出的那句话却出乎我的意料。

　　"她边上好像有什么东西。"

　　泷泽的声音比我预想的要响亮许多，于是全班同学都看向我这边。那一道道视线刺得我生疼。别看了，我心里如此想。当然，光这么想也没什么用。

"不会吧？"旁边的男生也抬高了嗓门。

"好像、好像有什么东西跟着她，好可怕！"泷泽望着我脑袋边上的那一片，说道。

"泷泽同学可是有灵能感应的！"

"好厉害！你能看到什么吗？"

女生团体里的人接二连三地大声嚷起来。的确有这种神神道道的女生，自称有灵能感应什么的，装神弄鬼来吸引大家的关注。就是那种在修学旅行中吸引所有人目光的同学。真够傻的——或许是我这种想法表现在了脸上，泷泽的声音越发高亢起来："佐仓同学，有什么东西跟着你，你被诅咒了啊！"

要说有什么跟着我，那就是我妈妈。我本来想这么说，可一旦说出口，我在同学们眼中就显得越发精神不正常了。所以虽然泷泽这么说我，但我还是忍住没还口。我不晓得该露出一副什么样的表情，只能沉默地望着泷泽。

"哎呀，我被狐狸精瞪了！"泷泽尖叫一声离开了我身边。

"大家安静，回到自己的座位上！"阿尚怀里抱着一叠复印资料大喊了一声。

差一点儿，就差一点儿。阿尚只要再早到一点点，就能当场看到我被霸凌了。他就是在这些方面特别迟钝！我如此想着，内心逐渐涌起小小的不安——从明天起，我可能会被霸凌得更加厉害吧。那种不安就仿佛荆棘，在胸中宛如针扎一般蔓延、生长。

课外活动结束后，阿尚又跑来准备背我走，我说了句"不用了"，就独自走了出去。阿尚赶在了我前面，似乎是准备一路送我到校门口。在走廊里走的时候，阿尚还突然冲进初中二年级的教室。我越过他的肩膀往里看，发现教室里有四个学生头对着头，在咕哝些什么。

"你们几个，现在到社团活动时间了吧？该回家的赶紧回家，该去参加社团的去参加社团！"阿尚的声音突然抬高了八度。

那几个学生顿时作鸟兽散，抓起书包冲出了教室。这时，只见一张纸飘到了教室的地板上。

"又是玩儿这个啊，狐仙大人。"阿尚把纸揉成一团，语气里带着嗔怒。

"请问，狐仙大人是什么意思啊？"我在学校的时候一直是这样，对阿尚使用敬语。

"美知留不用知道这种事啦。"

我明明对他用敬语，可阿尚还是叫我美知留。

"船濑老师，在学校请您不要叫我美知留。"我下意识回敬道。

"啊，抱歉啊。"阿尚顿时没了老师的神气，回归了他本来的样子，搔了搔头。

狐仙大人是什么呢？"狐仙大人"，这个词在我脑子里不断回荡。到家之后，妈妈就站在玄关的水泥地面上迎接我。我慌忙洗了洗手，打开了爸爸的电脑。妈妈站在我身边，我说了一声："那个，我有些功课，稍微让我一个人待一下哦。"

说罢，我便把妈妈（的幽灵）关在了门外，又把爸爸的房间锁上了。其实即便我这么做，妈妈应该也还是能进来的，但是她出于对我的个人隐私的尊重，所以没有进来。我打开了维基百科，搜索"狐仙大人"。

"在日本，人们认为这是一种能够呼唤出狐狸灵魂的行为（降灵术）。在桌子上摆上写有'是、否、鸟居、男、女'几个字，从零到九的数字，还有五十音表的纸张，随后在纸上放一枚硬币，全部参加者的手指都要按在硬币上。开口询问狐仙，硬币就会移动，什么问题都会回答。"读完这些，我想起了"骗小孩"这几个字，还有泷泽那张脸。自称灵感少女的泷泽应该做过这种事吧。还有狐狸灵魂这种说法，对于我这种整天挨欺负，被喊成狐狸精的人来说，已经听腻了。

我的心情很复杂。一方面有些轻蔑——学校竟然在流行这种玩意啊；一方面也有些疑惑——那，我每天看到的妈妈的幽灵又是怎么回事呢？看着妈妈的幽灵我会忍不住想，这世上总会发生一些出乎我意料的事，而且也还有我不知道的世界存在啊。我明明知道这些，却又忍不住涌起一种"狐仙大人什么的真是无聊透顶"的想法。可是，那些沉迷于狐仙大人的学生，和回到家同妈妈的幽灵一起开心生活的我，我们之间的分界线，究竟在哪儿呢？

走出爸爸的房间，我下到一楼。妈妈坐在沙发上，看到我之后露出了微笑。虽然爸爸看不见，但是我能看见。妈妈的幽灵是真实存在的。我洗了手，穿上围裙，要开始准备晚饭了。而妈妈就那么静静地微笑着，望着我。

我一边洗土豆，一边问站在一旁的妈妈："妈妈，你会陪着我吗？"

妈妈微笑着。

我一边给土豆削皮，一边又问："妈妈，你会不会在某天消失呀？"

可妈妈只是静静地微笑着。

"今天天气不错，咱们去屋顶吃吧？"

三轮老师这样对我说，于是我把平时会在校医室吃掉的午饭拿到了屋顶。学生可以上屋顶，但是不能在上面吃饭。我一边犹豫着这样是否合适，一边端着餐盘踏上了通向屋顶的台阶。

自从妈妈走了，我再也没在乎过天气是好是坏。可是，听到三轮老师那略显活泼的语气，我也略微产生了一种天气好的时候在外面吃饭会让心情更好的感觉。

阳光太过强烈，我躲在了水塔的阴影里，将午餐的餐盘摆在膝盖上，和三轮老师并排坐着吃饭。

嗡嗡嗡，突然一阵响声，于是三轮老师从白大褂口袋里掏出手机。

"啊，好烦，又发消息。"

听到三轮老师发出比平时颓废很多的声音，我一时不知道该如何回应她，只好默默地咬了一口羊角包。

"我在用婚恋APP啦，上面有个很烦的男人总来联系我。"

三轮老师说着，叹了一大口气，将手机又放回了口袋里。那一瞬间我在想：原来老师们也会做这种事呀。不过我又马上转变想法：老师做这种事又有什么不好呢？

"船濑老师是不是和佐仓同学是邻居？"三轮老师一边嚼着饭，一边问道。

"是。"我慌忙咽下一口面包回答。

"你感觉他像有女朋友的样子吗？"

我思考了片刻。阿尚的动向我其实根本不关心，所以也不知道他究竟有没有女朋友，但我从来没见他在周日把自己拾掇得很潮地出门过。我走出家门去庭院里给花坛浇水，总会看到阿尚在自己家院子里的塑料躺椅上歪着读什么东西，有时甚至还光着膀子。我时常连招呼都不跟他打，就慌忙逃回屋了。

"嗯，我觉得他应该没有吧……"

"对吧。"三轮老师说着，轻声笑了。笑声里还带点儿揶揄。

"他从小就是那副样子吗？"

"嗯……"我一边回答，一边在脑子里回忆起来。

和阿尚成为邻居那年，我读小学一年级，阿尚当时已经读大学了，那时候他就说过自己想当老师，我有时还会找他辅导。读小学二年级时，有一次实在想不出自由研究应该做什么，我还在 8 月 31 日那天跑去找阿尚哭来着。阿尚说自己有经验，于是花了一晚上时间，在纸糊的球里点了一个灯泡，做成一架手工的天象仪。结果那个天象仪还拿了区里的一个奖，我甚至被表彰了。但我这辈子都没参加过那么难受的表彰仪式……阿尚还跟着我到了现场，一脸坏笑地对我说："这可是咱们俩带到棺材里的秘密哦。"

我把这件事结结巴巴地讲给三轮老师听，她边听边大笑："哈哈哈哈哈，特别符合船濑老师的性格呢。"

"啊，不过船濑老师……他是个好人。"我慌忙补充道。

不知为何，我总希望三轮老师能把阿尚当作好人。

"要在末尾加上一句'不过他是个好人'的那种人，基本就是坏人啦。"三轮老师说罢笑了，我也突然觉得好笑，于是跟着她一起笑了。

"啊。"三轮老师猛地望向屋顶另一端。

那边有几个其他班的学生正蹲在地上捣鼓些什么。

三轮老师站起身，走到那几个学生身边说道："喂！"

她提高了嗓音，那几个学生猛地抬起头，看到她之后纷纷嚷着"糟了！""完蛋了！"，随后四散开来，向着屋顶出入口那边跑去。三轮老师手里拿着一张白纸走了回来。

"真是的，净玩儿这种东西。"三轮老师说着，把纸拿给我看。上面有鸟居、数字、五十音。啊，这——

"狐仙大人，你知道吗？"

我其实知道，但是听她这样问，我摇了摇头。

"就是骗人的啦，还说十元硬币会自己动起来呢，真是夸张……"三轮老师一边说着，一边将那张纸揉成一团。

不知为何，我总觉得她揉作一团的那张白纸上，有什么对我来说很重要的东西。"老师，我能看到我妈妈的幽灵，是不是我脑子出问题了啊？"要是我突然冒出这么一句话，三轮老师会露出什么样的表情呢？要是她建议我去医院看看，那可就完蛋了，所以我必须把这个秘密深埋在心底。可是，我又感觉狐仙大人的世界和妈妈的幽灵之间似乎有某种关系。或许，区别就在于是否认可这世上存在的那些不可思议的现象吧。那个世界和三轮老师这样一个会用婚恋 APP，喜欢阿尚（我猜的），还会美滋滋地大口吃盒饭的人是无缘的。碰触到了那个世界之后，我感觉自己和大家之间似乎有些不同了。不过如此一来，我似乎没资格说能看到幽灵的泷泽在装神弄鬼了。这么一想我又有些沮丧——我们俩说不定是同一类人呢。

当时阿尚帮我做的天象仪后来放哪儿了呢？我在家里寻找，结果抽屉里、衣柜里、储藏室里都没有。于是我问站在一边的妈妈："妈妈，我小学时做的那个，嗯，就是自由研究交的那个天象仪，你记得吗？"

听我这么问，妈妈的目光躲闪起来。这是她想隐瞒什么时才会有的表情，当她独自吃掉我珍藏的冰激凌时，就会露出那种表情。

"你给扔了？"我又问。

她的目光再度飘忽起来。妈妈这个人很不擅长收拾，却总是叨叨着"断舍离"和什么"近藤麻理惠式整理术"来整理房间，所以她的确很有可能把天象仪扔了。当时，明明知道那是阿尚帮我做的，但还是什么都没说就让我拿到学校交上去的人，也是妈妈。

"作业那种东西，不做也行。"妈妈还说过这种十分"粗暴"的话。在这类问题上，她和爸爸经常会吵起来。

妈妈的口头禅是"孩子的工作就是玩儿"。她自己也是如此，只要是感兴趣的事，她都会上手去做，然后大约过三个月就腻了。那天，妈妈也是在去车站上热力瑜伽课途中被车撞的，要是她早些玩儿腻了的话就好了……

我放弃再去寻找天象仪，开始和平时一样，在妈妈的注视下准备起晚饭来。爸爸说今天会比平时回来得早一些。那就等着爸爸回来一起吃吧，我给做好的饭菜罩上保鲜膜，上了二楼。

外面的天空早已是一片夜色。我将早晨晾在外面忘记收拾的衣物叠好，随后便自然而然地抱膝而坐，仰头望着天空。妈妈就坐在我旁边。我向妈妈那边歪着身子，想要把脑袋靠到她的肩膀上，但是妈妈的身体并不在那儿。真难过啊，我忍不住想。

咯吱。是爸爸上楼时脚踩楼梯发出的声音。

"欢迎回家。"

"我回来了。"爸爸一边说着，一边松着脖子上的领带，他手上还拎着一罐啤酒。身穿西装的爸爸是个社会人，比较世故，我一直都只和妈妈亲近，所以不太懂爸爸。在学校被霸凌的事，每天去校医室上学的事，还有能看到妈妈的幽灵的事，他自然是一概不知。我根本没想告诉他。总觉得，自己和爸爸之间的距离越来越遥远了。

爸爸坐在我边上，"噗咻"一声拉开罐装啤酒的拉环，咕嘟咕嘟地喝起来。爸爸今天也在公司上了一天的班，累得要命，回家来喝起了啤酒。为忙碌了一天的生活画上句号的啤酒，想必也是相当美味的吧。

"已经两个月了啊，总感觉，时间过得又快、又慢……"爸爸说完站起身，靠在了晾衣服的栏杆边。

妈妈就站在爸爸身边，头靠在爸爸的肩上，就好像刚才我靠在她肩上一样。妈妈这样做，爸爸并不知道。所以眼前这一幕看上去其实蛮奇怪的。

爸爸抬起头望着天空。

"我和你妈以前经常去天文馆呢。"

"哦，是吗？"我在心里如此回答爸爸。妈妈此时则挽住了爸爸的手臂。原来是在秀恩爱呀。

"不过，东京地区的天上几乎看不见星星啊。现在这会儿，理论上应该能看到角宿一的。"

爸爸的老家在长崎和佐贺那一片，我只回去过几次。那儿的夜空的确是满天星斗，黑色的夜幕部分很少。

"角宿一，也叫珍珠星哦。"爸爸喝了一大口啤酒说。

"珍珠星？"

"对啊。你想，在战争中，所有的东西都得起个日语的名字嘛，因为不能用敌国的语言呀。"

嗯。我点点头。这件事我好像确实在课上听到过。

"所以，过去就不喊它角宿一，而是叫它珍珠星。"

是这样啊。我心中一边想着，一边又产生一种"这件事爸爸在和妈妈约会时估计也说过吧"的感觉。

"当时我把这件事告诉了你妈……"

果然。

"然后呀，有个叫松任谷由实的歌手，当时唱了首歌，叫《珍珠耳环》，结果你妈就要我送她一副珍珠耳环。我当时真没想到，聊个珍珠星的话题，竟然花我那么多钱……"

此时站在他身边的妈妈淡淡笑起来。

"我把微薄的薪水攒起来给她买了。结果啊，她没几天就跟我说，有一只丢了。"

妈妈的确可能会弄丢吧，毕竟她是个丢东西的天才。

我有一搭没一搭地望着爸爸，还有将脑袋靠在爸爸肩上的妈妈。看到他们俩这谈情说爱的模样怪别扭的，但同时又觉得，妈妈明明就在旁边，却根本看不到她的爸爸有些可怜。

"爸爸，妈妈就在你身边呀。"我在心里默默地说。随后，我又迷迷糊糊地想："另一只珍珠耳环，会在家里的哪个角落呢？"

参加课外活动的日子持续了一周，我可以不用阿尚帮助，独自从教室走向校门外了。还是会紧张，但也不可能一直都依靠阿尚的帮忙。说真的，我感觉从教室到校门的距离遥远得就像走不到尽头。同学的视线对我来说也远算不上温柔，走在路上还会听到有人小声嘀咕"狐狸精"。我这个人真的就活该被那样霸凌吗？突然间，这个疑问浮上心头。我没有好朋友，所以在学校我和谁都不接触，也没欺负过谁啊。只因为我是个转学生，和阿尚走得稍微有点儿近，就应该被霸凌吗？我真心觉得，他们能不能早点儿欺负腻了啊？可是，倘若欺负我欺负得腻了，他们的矛头可能又会指向别人吧？一想到这一点，我又觉得难以忍受。已经到了这种地步，我却还要如此在这所学校读好几年的书，我实在没信心自己能坚持下去。

虽然满脑子都是这些苦闷，但我还是会去学校（正确来讲是去校医室）。

课外活动结束后，我正准备回家，却被泷泽一伙人喊住了。

"那个……佐仓同学，你能不能跟我们去趟楼顶？"

听到这话，我真的只能预感到一些不妙的事。可是，泷泽团体的两个成员突然抓住了我的双臂。她们手指力道很大，所以抓得特别疼。泷泽转着眼珠子探察着教室外面。

"可以了。"

她一声令下，我就仿佛被拷走一样出了教室。走廊的尽头能看到阿尚的背影，但他猛地消失在了转角。这迟钝的家伙，时机把握得太差了吧！或许我应该出声喊一嗓子"阿尚"，可是这样做的话，之后遭受的霸凌只会更猛烈。

我就这样左右胳膊被扯着走过廊下，沿着楼梯爬上屋顶。我四下张望了一圈，屋顶除了我们没有别人。我被带到了水塔的背阴处，这个地方正处在屋顶出入口看不到的死角。抓着我胳膊的手松开了，她们的力气太大，我的胳膊上都留下了清晰的指痕。

"很好。"泷泽道，语气仿佛一个司令，"坐在这儿吧。"

听她这么一说，大家围成一个圈坐了下来，我也被硬扯着胳膊坐了下来。泷泽从裙子的口袋里掏出一张纸，展开。看到它的瞬间，我心里一惊。鸟居，数字，还有五十音。这——

"接下来，我准备为佐仓同学祛除附在你身上的幽灵。"泷泽宣布道。

什么意思，驱魔吗？我正想到这儿，坐在我边上的同学就一把握紧了我右手的食指。

"把手指放在这上面。"

那张纸上摆着一枚十元硬币。我的手指被按在上面。

"手指绝不能离开硬币哦。要是中途松开手指，你就会被诅咒！"

开什么玩笑，不是之前已经说过我被诅咒了吗？我心里这样想着，手指按在硬币上没动。

"最近我们班出了好多怪事，你都知道吧？"

"不知道。"我在心里作答。

太阳的光芒从斜上方洒下来，将泷泽的脸打出一个奇妙的阴影。我觉得那张脸好可怕。

"熊田同学在体育馆骨折了。天野同学上美术课的时候雕刻刀伤到了右手，缝了三针呢。然后是我爸爸，他从自行车上摔下来，把脚崴了。还有……佐仓同学，你妈妈……"

"那和这没关系。"我下意识说出了口。

手指想要从十元硬币上离开，可是边上的女生用很大的力气攥着我的手指，用力按在那枚硬币上。

"我是觉得吧，一定是有什么不好的东西附在佐仓同学身上，所以才会出这么多事的。"听到泷泽这样讲，其他两个人都点头。

这帮人好难搞啊，我得赶紧逃离这里。虽然这样想，可也不知道一旁那个女生哪儿来的蛮力，用左臂将我整个人都抓住了，动弹不得。紧接着，她们的仪式便"庄严"地拉开帷幕。

"狐仙大人，狐仙大人，在的话请回答。"泷泽一副轻车熟路的样子，说出这句如同咒语般的话。

火辣辣的太阳照在我们这群蹲在屋顶的人身上。我的额头渗出了汗水，旁边那个女生的胳膊上也浮起一层汗珠。短暂的几秒钟，什么都没发生。这也自然，肯定是什么都不会发生的。真是的，差不多得了，我想赶快回家。正想到这儿时，那枚原本在鸟居位置的十元硬币突然将移动起来的感觉传递到了手指上。

"如果您在，请回答'是的'。"

嘶——嘶——那枚硬币开始在纸面上滑动，在写着"是的"这个词的位置转动。这种东西，肯定是骗人的。应该是有人——估计是泷泽的手指按动了硬币吧。可是，那枚硬币明显先动一步，大家的手指显然是被硬币带动的。我感觉后背开始冒冷汗了。

十元硬币在"是的"这个词上转完圈，随后回到画着鸟居的位置停住。这是它的初始位置吗？感觉好像跳伦巴一样呢，我想。

泷泽对另外两个人使了个眼色。那眼神非常锐利——我觉得她倒是更像个狐狸精呢。这时，泷泽开口了："佐仓同学身上，有没有附着幽灵？"

真的忍不下去了，这傻里傻气的仪式能不能赶快结束啊！正想到这儿，那枚十元硬币就"嘶嘶嘶"地动了起来。

它又在"是的"两个字上画起了圈。所以啊，要说有幽灵跟着我，那就是我妈妈呀！我在心底里发出嘶吼。

"是狐狸的幽灵吗？"

十元硬币在鸟居前转了会儿圈，似乎是苦于作答。我冷静极了，甚至觉得转圈圈的硬币有些可爱。究竟是什么在推动着那枚硬币转动，我不清楚。但我明白，的确有另一个世界存在。因为，妈妈的幽灵就和我住在一起呀。这时候，那枚硬币突然仿佛拥有独立意志一般，力气很大地动了起来，那力量和之前的完全不在一个等级。

嘶——嘶——十元硬币在五十音表上滑动着。

"诅咒你。"

泷泽抬头看着我。

"是不是你动了？！"

"怎么可能！"我不由得大喊。

"诅、咒、你。诅、咒、你。"

十元硬币在那三个字上不停转圈，大家的脸色全都变得惨白。

"手指不能松开！松开的话就真的要被诅咒了！"泷泽近乎嘶吼般说着。

另外两个人点着头。随后，那枚硬币又开始写起了其他文字。

"再、欺、负、她、就、诅、咒、你。"

泷泽抬起了头。她似乎看到了我身后的什么东西，眼看着那张脸逐渐因恐惧而变得歪斜。

我旁边的女生突然叫道："喂！手指松不开了，松不开了！"

"再、欺、负、她、就、诅、咒、你。再、欺、负、她、就、诅、咒、你。"

硬币开始在这八个字上飞速窜动。泷泽伸出左手指着我的身后，她究竟看到什么了啊？我想转过头去看，可是不知为何，我的脑袋就是动不了。另外两个人明明也看得到我身后的东西的。不知是谁发出尖叫，随后响起水声。泷泽蹲着的位置正下方缓缓积了一摊。可是，那枚十元硬币还在移动。

"决、不、饶、恕。你、欺、负、了、她。决、不、饶、恕。"

呀——又有人尖叫一声，随后泷泽和她的朋友便奔向天台的出入口。她的裙子后面有一块儿很大的水印。是玩狐仙大人游戏的时候太害怕了，尿了出来。这可真是捉弄她的好素材。可是，我不准备把这件事告诉任何人。一阵大风吹过，那张画着鸟居的白纸被吹飞了。它打着卷越飞越高，最终不见了踪影。屋顶就只剩下一枚十元硬币。我站起身，正准备捡起那枚硬币，却发现脚下有星点的红色。我伸出手指摸了摸。看上去有点儿像血，不过也像是普通的红色颜料。我突然想到，妈妈应该是走出家门了吧。毕竟，妈妈可是每年万圣节都会铆足了劲儿变装的呢。她肯定是给自己画了一张极其恐怖的脸吧。可她明明是不能走出家门的呀。就在这时，我猛然间意识到——妈妈的幽灵走出了本不该出的家门，我以后可能就再也见不到她了。我猜得没错，实际上的确如此。

自那天起，泷泽就发起烧不去学校了。那天发生的事自然也流传开来——欺负佐仓就会被诅咒。事情传开之后还是挺有效果的，我的室内鞋上再也没人写"狐狸精"或者"淫乱女"了。（说不定之前的也都是泷泽写上去的。）

狐仙大人的游戏在全校被禁止了。

虽然不再有人欺负我，但是我能感觉到大家都很恐惧地远远围观我。不过，现在每天都有个姓水户的男同学代替阿尚来校医室送复印的学习资料。其实我俩以前好像上同一个幼儿园，但我不记得他了。

"咱们俩不是一起把泥搓成过光溜溜的丸子吗？"

听他这么一说，我想起来了。当时很流行把泥丸子搓得很硬、很光亮，幼儿园的小朋友们都玩儿得特别入迷。听说这件事之后，妈妈也在院子里开始做起了泥丸子。她做了很多个，并且了解到"用干布擦一擦会更光亮"的小窍门。妈妈总是轻易沉迷，然后很快又玩儿腻了。

"咦，怎么泥丸子的事情能把你说哭了啊，为什么？"

水户同学慌了神。于是我拼命地解释，没事没事，什么事都没有，什么事都没有……

正如我预想的那样，妈妈的幽灵从那天起就没有再在我眼前出现过。怎么说呢，这可能也是幽灵世界的什么"铁律"吧，要是做了那天那种事，就没法再在我们这边的世界现身了……关于这件事，我想了很多，可是找不到答案。

就算是幽灵也好，我真的很想见到妈妈。那个会一脸担心地看着我做饭的妈妈已经不在了，已经看不见。就算一直被泷泽欺负下去也好，我好想让妈妈的幽灵一直陪在我身边啊。在我切金平牛蒡或者胡萝卜的时候，会用动作和手势表达"再切细一点儿"的妈妈，我好想再见到你啊。我一边切着煮好的菠菜，一边在心中默念着"好想见你啊"，流下了眼泪。

梅雨结束，暑假开始一周之后，爸爸说："咱们把妈妈的东西稍微整理一下吧。"

下周妈妈的遗骨就要被带去爸爸故乡的墓地了。我和爸爸一起打开了妈妈生前用过的衣柜。闻到妈妈的味道，我和爸爸手上都停下了动作。我们俩对望着彼此。

"还是先算了吧。"听到我这么说，爸爸也用力点了点头。

"就单把鞋子一类的拿出去晾晾好了。"说着，我和爸爸磨磨蹭蹭地把装着妈妈鞋子的箱子搬到了院子里。我猛然看了一眼阿尚他们家的院子，却发现三轮老师就站在玄关门前。她没有穿平时那件白大褂，而是撑了一把白色阳伞，穿了一件带泡泡袖的可爱淡粉色连衣裙，这一身很适合她。三轮老师似乎没注意到我，稍过片刻，身穿蓝色马球衫的阿尚便小跑着冲出了家门。

"抱歉抱歉，我不小心睡过了！"

"左等右等你都不来，以为被你放鸽子了，所以就跑来你家看看。"三轮老师噘着嘴说。

嗯？竟然是这么回事啊。

他们两人就那么转过身背对着我走了出去。或许是感受到了我强烈的视线吧，阿尚突然转过头，对上我的视线之后吓了一跳。随后他发出"去——去——"的声音，冲我甩甩手，一副要把我赶开的样子。这家伙，明明是我的班主任，却对学生做这么过分的事啊。我虽然心里这样想，但那副缺心眼儿的样子又的确是阿尚的风格。不过，看着他们两人的背影，我内心涌起一种他们很般配的感觉。

爸爸正忙着把妈妈的鞋子摆在背阴的地方，我问他："爸爸，你以后会再婚吗？"

"怎么可能？"爸爸当即答道。

听他这么回答，我还蛮开心的，于是我又说："今天晚上做可乐饼吧？"

"哦，好啊！刚出锅的可乐饼再加啤酒，太棒了！"爸爸是最爱吃可乐饼的，他的声音听上去都亢奋起来了。

把煮好的土豆压碎，再和炒熟的肉末、洋葱拌在一起。捏成椭圆形之后，再加小麦粉、打散的鸡蛋液和面包糠，放入锅中油炸。厨房没有冷气，汗水不停地滴落下来。我再度感慨，做家庭主妇真的好难。妈妈真不容易啊，每一天，每一天，一年三百六十五天地做着这些。

总感觉还需要点儿什么副菜，但是切完搭配可乐饼用的圆白菜丝（如果被妈妈看到的话，一定会叫我切得更细些），再做一个加菠菜和炸豆腐的味噌汤之后，我就已经没力气了。做到一半还火气大涨地怒吼："今天爸爸洗衣服！"

"当然啦，当然啦！"爸爸回答道，他的心情很好。

晚餐是和爸爸面对面吃的。虽说可乐饼这种东西只要是刚出锅的就不可能难吃，但我还是觉得这一天的可乐饼做得相当不错。我从大盘子里夹起第二块可乐饼，又在上面浇了伍斯特酱，接着把它分成两半。正在这时，我看到里面有什么东西闪了一下。那是什么啊，是什么东西混在了里面？想到这儿，我把那东西夹了起来。它周围沾满了土豆泥，看不出是什么东西。

"爸爸，这个……"我把那个沾满了土豆泥的东西用纸巾包好递给爸爸。

爸爸用纸巾擦了擦那东西，紧接着，眼泪开始从他眼中哗啦啦地淌出来，把我吓了一跳。他对我伸出了手掌。我将那东西拈起来凑近一看，发现那是一枚珍珠耳环。

"这是今天整理鞋子的时候从哪儿混进来的吧……"爸爸硬是把眼前发生的不可思议事件说得跟真的一样。

于是我说道："爸爸，不是的，这是妈妈放进去的。"

"怎么可能会有这种事啊。"

"可是，把东西塞进可乐饼，这怎么看都太像妈妈会做的事了啊。"

"……"爸爸沉默了。

"……也是哦。"他说着，露出一个微笑。

是啊，妈妈太会做出这种让人吓一跳的事了。她最喜欢吓唬人了。我最喜欢这样的妈妈了。

那一天晚上，我和爸爸并排坐在阳台仰望夜空。星星确实还是看不到的。不过，我能看到很远很远的地方，有像星星一样微微闪着光的什么东西。爸爸似乎也能看到。

"咦，那个是角宿一吧？"

"不会，不可能啦。"

虽是这样讲，但是当我将从可乐饼里夹出来的珍珠耳环和那个仿佛星星一样闪耀的存在相对照的瞬间，倏地，一颗流星划过。

"是流星。"我说。

"希望能升职，希望能升职，希望能升职。"爸爸立即快速重复了三遍愿望。

"美知留，你不许愿吗？"

我听到了爸爸这句问话，但其实我已经许过愿了。我在心里重复了三遍"想要再见到妈妈"。可是，这愿望或许无法实现了。我突然强烈地希望自己赶快长大。长大成人，就马上去打耳洞，这样就能戴上这枚珍珠耳环了。

"《珍珠耳环》那首歌，其实内容挺不平和的，别在YouTube 什么的上面查啊。"

爸爸喝下了一大口啤酒。真是不可思议，在我出生之前，有一段父母相处的时间是我不知道的。

"你喜欢妈妈吗？"

爸爸沉默了。

"我说，你喜欢妈妈吗？"

正在这时，爸爸的脖子上落下一只发出荧光的小虫。

"好疼！"爸爸伸手按住自己的脖子。

"你要是不说喜欢，妈妈有可能会变成妖怪冒出来哦！"

我催得很紧，于是爸爸便说："孩子妈，我最喜欢你了，现在还是最喜欢你了。你走了之后我好伤心，真的好伤心。"

　　爸爸说话的语气就仿佛一个读作文的小学生。随后，我和爸爸两个人相对垂泪了一阵子。我预感到自己将会一点点习惯没有妈妈的生活，真令人悲伤。爸爸轻轻拍抚着我的头，他的手好温暖。那只小虫子似乎感到满足，于是离开了爸爸的脖子，不知何时融入一片夜空，再也看不见了。

湿 海

<ruby>湿<rt>しめ</rt></ruby>りの海

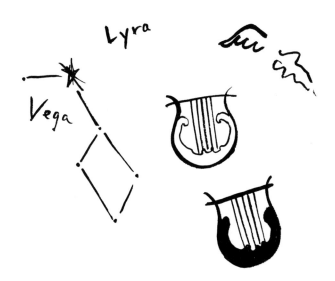

插图 ◎ 松仓香子

我又做了同一个梦。

　　梦里，我去死亡的世界迎接希里子和希穗。她们并没有死，却身在美国亚利桑那州那个遥远的、轻易无法抵达的地方。所以在我心里，她们或许已经算是身在黄泉了。

　　在我小时候，爸爸给我买了一本叫作《星辰神话》的书，我也是因为读了那本书才知道俄耳甫斯的神话的。俄耳甫斯会弹奏竖琴，他追随被毒蛇咬死的亡妻，身背竖琴前往位于冥府的宫殿。在一丝光亮都没有的黑暗之中，唯一的依靠就只有竖琴。每当他奏响竖琴，就会照亮眼前的道路。好不容易来到亡妻身边，冥王告诉他，可以将妻子还给他，但直到回归人间，他都不能转过头去看妻子。可是，他因为中途听不见妻子跟随的脚步声，忍不住转过头去看了。于是，他便永远无法再见到自己的妻子。俄耳甫斯真是个大傻瓜。要是我的话，肯定不会回头看的。

　　在那个神话中，冥府的宫殿前有一只黑色的看门狗。在梦中，我拿着一根留着不少肉的牛骨头。俄耳甫斯是用弹竖琴的方式令看门狗平静下来的，可我实在没有拿手的乐器。

那根牛骨头帮我轻松和看门狗处好了关系。我站在好不容易才抵达的宫殿前，喊着希里子和希穗的名字。

"那我就把这两个人还给你吧，不过，你绝不能回头去看。"一个声音这样说道。

和那个神话一样。于是我相信了那个声音，转过身迈步向前。不知为何，我走的竟然是平时上班走的那条地下通道。通道连接到地上的部分，是我常常奔跑而过的老旧台阶。每当接近地上，盛夏的阳光就会射向我的眼睛，胳膊也会感受到火辣辣的太阳的热度。

马上就到了。我爬完那段台阶后，转过身。

"总算回来了。"

这是我第几次在梦中低吟这句话了呢？她们两人就穿着我们最后一次见面时的那身衣服，站在我面前。可是，她们的身体在阳光下开始逐渐变得透明，肉体变成颗粒，逐渐散开。

"等等，不要消失啊！"我被自己的声音惊醒，从床上坐起身。

嘴巴里黏糊糊的，腋窝下面还流着汗，十分难受。我没哭。曾经和希里子共枕的双人床上现在只有我独自睡着。向前看，我的视线落在柜子上的那幅装饰画上。那是业余天文学家、画家艾蒂安·特鲁夫洛创作的《湿海》。希里子在和我同居前就有那幅画了，当然不是真迹，只是电子打印之后又装裱起来的商品。但不知为何，希里子把它留了下来，她是对这幅画已经没兴趣了吗？说起来，我也感觉这画是我的东西了，所以就把它留了下来，一直没处理。

我身处梦境与现实的边界，迷蒙地望着那幅画。画中描绘的是隆起的月球表面，但看上去既像反射了阳光的浓稠的湖面，又像温暖的沼泽，还像希里子和希穗生活的那片亚利桑那州的沙漠。

枕边的电子时钟显示现在是早上六点半。离出发去上班还有点儿时间，我向浴室走去，准备冲个冷水澡。两年前，希里子说要带着希穗搬去亚利桑那州和恋人住。她们离开这里已经一年了。从希里子出轨到离婚调停的那些事，我不想再回忆，是希里子不对。可是，我并没有独自抚养希穗长大的勇气，而且我也不想把仿佛同卵双胞胎一样的两个人硬分开。

"那我走哩。"

希穗才三岁，还什么都不明白，她口齿不清地对我说了这么一句。这就是我在这个屋子里听到的希穗说的最后一句话，而希里子则什么都没说。

浴缸边缘还摆着希穗之前玩的小鸭子玩具，希里子在去亚利桑那州之前就把她们俩的大部分东西处理掉了。可是，这房间的角角落落仍残留着她们生活过的痕迹。事到如今，我仍旧没法去整理这些。我想就这么生活下去，好像她们都还在一样。

鸭子玩具的旁边，是希穗很爱的泡泡浴瓶，那是希里子不知在哪家杂货店为不爱洗澡的希穗买来的。我想起希穗满是泡泡的纤细的身体，还有她开心的声音。我一时忍不住独自哭泣，泪水隐隐溢出，便用淋浴的水流将其洗净。

我每天的早饭都是一成不变的麦片和咖啡。饭后，我将用过的碗盘扔进洗碗池，刷起了牙。出门上班前，FM 会播报当日天气。梅雨期间短暂的晴日还在继续，预计最高气温三十二摄氏度，傍晚有可能会下大暴雨。今天要出门跑四趟业务，回到公司之前估计已经一身大汗了吧。我一边想着，一边将折叠伞塞进包里。

亚利桑那州今天天气如何呢？我心里这样想，可是并没有拿起手机去查。我手里拎着套装上衣和公文包，关上了玄关的门。走到湿热的外廊下，正在锁门时——"泽渡先生，早上好啊！"

是住同一层的银发老妇人左内太太。她穿着家居连衣裙，好像刚从楼下信箱处取报纸回来，那卷报纸此刻就被她夹在胳膊下面。

"今天也挺热啊，跑业务很累吧？千万别中暑，得不时补充水分哦！"左内太太连珠炮一般地对我迸出一堆话。

"嗯，是哦，谢谢您。"我含混地回复着她，心想：这个人真是喜欢不起来。

这位左内太太躲在自家门后偷偷目睹了希里子和希穗搬走的全过程，等到就剩我一个人了，她就跑来按我家的门铃，说什么"方便的话尝尝这个吧，得趁能吃下去的时候吃点东西才行呢"，然后把一个塞了不知是什么的塑料盒子递给我。我默默接下来，没看里面的东西就直接倒进了垃圾桶，又把洗干净的盒子和回礼的烤点心拿给了她。真是多管闲事。我受不了她向我投来的怜悯目光，还有混杂在那双眼中的好奇心。就不能让我一个人静静吗？——这些是我发自内心的想法。

走运的是，这时候电梯到了。左内太太仍旧对着我喋喋不休，我则轻轻颔首，走进电梯。电梯在四楼停下，进来一个带孩子的大人，大概是送孩子去幼儿园吧。那个小女孩儿穿着夏季的制服——白色半袖衬衫、深蓝色的背带裙，戴着草编帽子。旁边的女性看上去应该是她母亲。女性对我轻轻点了下头，站在我前面。小姑娘似乎对我很感兴趣，她拉着妈妈的手，偶尔会扭过头，抬起头来看我。我试图对她报以微笑，可是脸颊僵得很。当时的希穗也是她这么大。"希穗。"我在心里喊着，喊着我那和希里子一起踏上亚利桑那州之旅的女儿的名字。那边的世界怎么样啊？和新爸爸的生活过得怎么样啊？我在心里不停重复着那些不会有答案的提问。

"今天没忘吧？"外勤结束之后，我一身大汗地坐在自己的办公桌边。这时，业务部的后辈园部跑来凑到我身边，压低声音问道。

"什么啊？"

"真是的，我昨天不是都强调过的嘛，和我大学的后辈们一起去喝酒啊！"

园部的身体凑得更近了，声音也压得更低。我感觉自己好像听他说过这个事情，但是记不清楚了。

"晚上七点半开始哦，注、意、仪、表！"园部说着，将一条擦汗巾递给我，随后晃晃悠悠地回到自己的工位。

"泽渡哥，差不多了吧，该开启下一段恋情了啊。"不知是哪一次和园部喝酒的时候，他曾这样对我说。什么"差不多了"啊，我实在是无法理解。"开启下一段恋情"、和新的爱人一起生活什么的，这些念头我从来没有过。每次园部这样讲，我就只会含糊其词地点点头。所以今天喝酒的事，我当时可能也是含含糊糊地点了点头。

我收拾着手头剩下的工作，一股淡淡的忧郁情绪逐渐涌上心头。但是为了给园部一个面子，我下定决心，去那个和自己并不搭的地方喝顿酒。

从公司到地铁站，乘坐二十分钟地铁。我和园部一块儿从公司出发，抵达那家位于四谷的餐馆。

"前辈，你就算再没这个心情，也别一副愁眉苦脸的样子呀。"园部把公文包扔到网架上，两手抓住吊环，望着我那张倒映在晦暗车窗上的脸如是说。

"就算你是前辈，偶尔也得喘口气的吧。"

"……园部，谢谢了啊，你总是这么想着我。"

"干吗这么见外啦！"

"可是，你不是有女友吗，这样好吗？"

"一码归一码嘛！"园部理直气壮地回答。

他的女友我也见过几次，听说两个人是奔着结婚交往的。自己明明有女朋友，却还打着帮我放松的旗号去和女性一块儿喝酒。园部这个思维我也没办法百分百理解。不过，这家伙身上那股松弛劲儿和通透感的确是我不具备的，所以我并不讨厌他。

我们俩要去的是位于四谷的一家意大利餐馆。我和园部沿着通向地下的台阶走下去，正看见两个坐得笔直的女性，她们看到我俩之后轻轻点头示意。坐到桌边后，园部便开口将两名女性介绍给了我。

"我姓泽渡。三十七岁。离过一次婚。"

"我说泽渡哥，哪有你这么做自我介绍的啊！"听到园部这样吐槽，那两名女性都忍不住吃吃笑了起来。

我随意环顾了一下这家店，看到不少像我们这样男男女女混座的客人。这家店似乎是以比我年轻的人为受众群的，但不知为何我总觉得这家店给了我一种怀旧感——像是我和希里子结婚之前常去的那种店。价格不是很高，也不用端着架子，还能吃得饱。

我把大盘子里盛放的料理分给她们时，坐在我对面的那位姓宫田的短发女性提高了嗓门："泽渡先生真厉害！分餐的动作相当熟练呀。"

她细细的手腕从连肩袖里又伸出一截，腕间戴着的一条细金手镯散发着耀眼的光泽。

"料理当然得要男人来分啦。"最初对我说这句话的是希里子，也是她教我要单手拿分餐用的勺子和叉子。希里子比我年长两岁，一开始，她于我是姐姐一般的存在。

从大学起持续长跑的一段恋情最终无果，正在我不敢再触碰爱情这东西的时候，我们突然相遇了。希里子当时负责我们公司线上商谈的翻译工作，我们见过几次面后，又交谈过那么两三句话。后来，在一次漫长的商谈工作结束后，是希里子主动来同我搭话："咱们下次一起吃个饭吧？"那一年我三十岁，希里子三十二岁。随后，我们之间的关系就迅速拉近。我们在一起恋爱两年，随后结婚，转年希穗便出生了。我在一家中型医药品公司做业务员，希里子则是自由译员。我们双方有各自的事业，进行得都很顺利，也有了一个健康的孩子。

我仍能想起那一天。那阵子我们都还聊到要搬出那个旧公寓，买个新公寓的。一直到那一天为止，我的人生都一帆风顺，没经历过任何磕绊。

一直到，希里子对我说出那句话的那一天为止。

"我有喜欢的人了，没法再和你住下去了。"

"前辈，前辈！"

园部的声音将我拉回现实。

"我说，你怎么愣神了啊！"

"哎呀，今天不是很热嘛……总感觉脑子昏昏沉沉的……"我回答道。

"万一中暑可就糟糕了。"宫田说着，把手伸进摆在身边的小包里。

"把这个贴在颈后会感觉清爽很多。"她说着，递给我一枚冷凝胶贴。

"啊，谢谢……"

我剥去上面那层塑料薄皮，将那枚涂着蓝色凝胶的贴纸

贴在了后脖子上。于是，我再次陷入回忆——这个东西希穗
经常用，她小小的额头上常贴着这种贴纸。希穗这孩子经常
发高烧，我们有时候甚至会在大半夜抱着她跑去医院。我不
晓得亚利桑那州的医疗情况，那儿也像日本这样轻易就能找
到医生看诊吗？我实在不能理解偏偏在这种时候还带着希穗
去那种地方的希里子。

　　园部似乎在讲着什么笑话，不断逗得那两位女性笑起来。
我也摆出一副笑脸，但是心根本不在这儿。我觉得自己坐在
这里，本身就不对劲儿。

　　即便如此，晚餐还在继续。也不记得园部什么时候说到
的，总之我和宫田回家的方向一致，于是一起上了电车。晚
上 10 点之后的电车还是很挤的，我被其他乘客推搡着，变成
了和宫田面对面的姿势。我左手抱着的公文包，正好在身材
娇小的宫田眼前。她伸手指了指我左手的无名指。

　　"这儿还能看到呢。"

　　我垂下头，看了看她手指的地方。的确，那儿还有一个
淡淡的印记。虽然婚戒已经摘了，但是希里子和希穗从我眼
前消失的事实仍旧在我内心的池沼之中留下深深的印痕，就
好似这圈戒指的印记一般。

　　我甚至不记得向宫田回应了什么，从那一刻起我的记
忆就变成了一盘散沙。也不记得是谁提议的，我们在新宿站

下了车，去了一家冷清的地下酒吧。喝了一些平时根本不会喝的酒，于是我醉了。宫田酒量很好，始终十分冷静。于是我对她有些放松起来，似乎还乘着醉意靠在了她的肩上。几杯度数极高的鸡尾酒下肚，走出店门，迈在通向地面的台阶上时，我不由自主地拉住了她的胳膊，却被她十分柔和地拒绝了。

"戒指的印痕都还没消失，这时候不该这样做吧，不是吗？"

见她一副很懂的样子，我不由得恼火起来，于是把她独自留在原地，自己钻进了计程车，甚至连头也没回一下。你真是全世界最差劲的人，最差劲的男人——这个声音在我脑中不停地回荡。我脚下踉跄着，好不容易回到了自己家。从冰箱里拿出一瓶矿泉水，站在厨房的洗碗池前直接喝了起来。冷静的宫田说得对——全世界最差劲的我，根本没有和别人谈恋爱的资格。"没有人能够代替希里子。"我将这句已经重复无数遍的话，再度对自己重申着。同时，我缓缓将贴在后颈的冷凝胶贴剥了下来。

星期六，隔壁一大早就开始发出各种巨响。隔壁很久都没有人住了，是有人搬来了吗？我心里想着，随意整理了一下房间，洗了洗衣服。把洗好的衣物晾在浴室时，太阳穴开始钝痛起来。最近每逢下雨前我都会头痛，听新闻上讲，这种症状叫"气象病"，但似乎还没到要去看医生的程度。我有些迟疑，不知道该不该吃头疼药，便直接躺在了沙发上，想着是不是应该吃点什么，结果却被浓浓的睡意打败。不知何时起，自己竟如此懒散嗜睡。

下午四点刚过，玄关传来门铃声。我透过门上的猫眼往外看，门口站着一位女性。我家很少有访客，我站在门前，调整了一下站姿。

"打扰了，我是隔壁刚搬来的。"门外人的声音透过对讲机十分清楚地传了过来。

我慌忙擦了擦眼睛，确保眼角没有粘着眼屎，随后缓缓打开了门。眼前站着一位看起来年龄比希里子略长一些的女性，还有一个和希穗年纪差不多的小姑娘。女性将长发松松绾在脑后，穿着轻便随意的 T 恤和牛仔裤。小姑娘则披散着齐肩的长发，穿着一条淡蓝色的条纹格子布连衣裙。小女孩双颊饱满，让我不由得想起了美术教科书上见的那幅《丽子像》。

"一大早就吵吵闹闹的，真是对不起。我是刚搬到您隔壁的船场。我们家是单亲，我独自带小孩住。以后有可能会给您添麻烦……"她一边说着，一边递给我一个小纸袋。

"不不，我才是……感谢您如此贴心客气……鄙姓泽渡。"

这时，船场的视线停在了放在玄关水泥地面上的那辆儿童平衡车上。那辆粉红色的车，是我送给希穗的两岁生日礼物。

"哎呀，您家也有小朋友呀。"

"呃，不是的，这个……"我一时语塞，但实在不想说出立即就会露馅的谎言，于是说道："……我离婚了，所以……"

"啊，我真的是……实在抱歉，初次见面我就这样没眼力见地乱说……"

"没事的，没关系。您要有什么不清楚的，都可以问我。"

听我说完，船场又反复致歉，随后回去了。门关上时，听到一声轻轻的叹息。我返回客厅，打开了那个纸袋子。里面是两枚印着猫咪模样的布巾。要是希穗在，一定会很开心的。我一边这样想，一边将布巾连同纸袋一块儿塞进了洗碗池下面的置物柜里。

单亲妈妈，独自带孩子住。初次见面，她为什么要这样介绍自己呢？我思索着，再度躺倒在沙发上。开着冷气的密闭房间给人一种憋屈的感觉，于是我将扫除窗打开了一点儿。隔壁房间可能也开着窗吧，刚才门口见到的那个小姑娘的声音乘着风飘进我耳中，已经好久没有在这么近的距离听到小孩子的声音了。我抱着疼痛不止的头，就这么睡着了。晚上八点，我再度醒来，从冰箱里随意拿出几个菜，随便炒了一盘杂蔬吃掉，随后，我躺到床上睡了。

离婚之后，最闲的就属星期日。星期六要洗一周的衣物，要扫除、买菜，忙着忙着太阳就落山了。星期日根本没事儿干。我做的饭也与希里子和希穗在的时候大不一样了。早上就吃个麦片，中午煮个挂面，晚上就去附近的家庭餐厅或居酒屋，又或者随意做一份没法称之为料理的玩意儿吃下肚。

如果是晴天，我就去附近的公园溜达，就当锻炼了。但今天下雨了。我在餐桌前把平日剩下的一点儿工作快速搞完，随后开了罐啤酒，又躺在了沙发上。和昨天一样，太阳穴又痛起来了。我实在忍不住，于是吃了止痛药，不知不觉间就睡着了。我梦到了希穗，梦里没有希里子。希穗正用流畅的英语喊着什么。"希穗，你再慢点儿说一遍英语啊。"我用日语这样对她说，可希穗还是滔滔不绝地说着英语。她话里的 R 音和 L 音发得完美、正确，我完全做不到。我已经没法用对话和希穗心意互通了。想到这儿，我突然感觉，自己和希穗之间维系着的那根细细的线噗的一声断掉了。

"希穗！"我在大喊的瞬间惊醒了过来。

敞着的扫除窗飘进一阵咖喱的香味。我看了一眼表，过了下午六点。我想象了一下那个比希穗还要小一点儿的女孩子，还有邻居船场两个人围在餐桌前的模样，就感觉胸口的某个地方被什么东西狠狠地碾过。

我和希里子约好了，星期日深夜可以和希穗用 FaceTime

视频聊天。深夜，两点，那是亚利桑那州的上午十点。我一边小口品着玻璃杯里的苏格兰威士忌，一边等待约定的时刻到来。实在忍不住闷热，正准备关窗开空调的那一瞬间，我听到有孩子大哭的声音。是船场家的小孩吗？都这么晚了。正想着，我又意识到，小孩子这种生物，就是会在换了环境的时候哭得很厉害呀。我听希里子说过，刚到亚利桑那州的时候，希穗总是在哭。把她带去那么远的地方，人家当然会哭啊。我当时心里这样想着，但是没有说出口。眼下，那哭声还在继续。我不由得在脑海中想象陪在宝宝身边安慰的船场的模样。

深夜两点刚过，电脑就传来铃声，随后，希穗的笑脸挤满了整个电脑屏幕。希里子从不在画面中出现，帮希穗操作电脑的是希里子的新丈夫。偶尔，那只满是汗毛的手会从希穗背后伸出来。我从来没和他说过话，也没那个必要吧？希穗已经开始说不清楚日语了，交谈过程中她总频繁地掺杂进英语。"我和'妈咪'还有'爹地'一起去公园，那儿总有一只大大的黑狗狗。'爹地'你每天都去公司吗？""'爹地'，你今天吃了什么呀？"她那张小小的红茱萸一般的嘴巴里总是连珠炮般地吐出很多话，我有时会语塞，但还是会回答她。希穗在日本的时候喊我爸爸，如今变成了'爹地'。她似乎对自己有两个爸爸这件事不感到疑惑。现在这个情况，不晓

147

得希穗那个小脑袋是怎么想的呢？我不由得对将我逼到这种状况中的希里子产生了一些憎恨。可是，那个践踏了我的感情的希里子从未出现在电脑画面中。"已经到时间了。"希穗的"新爹地"用英语说了这么一句，画面就骤然暗了下去。电脑黑下去的屏幕上只映出我一个人的脸，那张脸看上去苍老极了。希穗看着我这张脸时，心里是什么感觉呢？"我还什么都没能问她呢。"我声音干涩地对自己笑笑，随后关掉了电脑。

从星期一到星期五，我会去公司做永远一成不变的工作。就算被上司硬塞难搞的合作方，说什么"这个案子只能泽渡来做"一类的话，我也从不反驳。工作上的失败一点儿都不可怕，又不会要我的命。像希里子和希穗从自己眼前突然消失这样的事，工作上根本不可能发生。

深夜，我在回家的路上看到了紫阳花，那花朵宛如浮现在暗夜中的雪洞灯。季节的变迁令我吃了一惊。希穗会说——是蜗牛。脚蹬黄色长靴，举着黄色雨伞的希穗总是在这儿的绣球花叶片上看蜗牛爬动。亚利桑那州有蜗牛吗？听到亚利桑那州这几个字，我脑海中只能浮现出一座沙漠中的城市。

下雨的星期六，我还和往常一样洗衣服、做扫除，第二天星期日，天彻底放晴，我便去了公园。我没有去那种以前常和希穗一起去的小孩子很多的公园。我在大提包里塞了文库本和野餐垫子（这也是希里子为希穗买的），又在附近的便利店买了一罐啤酒。

位于池边的公园离车站和居民区都很远，所以很少有人带着孩子来玩。我找了一棵生得十分粗壮的大树，在树荫下铺开野餐垫，一边喝着啤酒，一边读起了书。这是我在书店随便买的推理小说，小说的内容根本读不进脑子里。我放弃阅读，将文库本翻开放在肚子上，仰面躺下。太阳的光线透过茂密的树叶照射着我，太耀眼了，我闭上了眼。正在这时，感觉手机振动了一下。是希穗吗？我想。不，怎么可能呢？我又马上转变想法。我看着手机屏幕，收到了一条短信，是之前一起喝酒的那位女性，宫田。我一点都不记得当时把手机号告诉她这件事了。

"星期日天气晴朗，您现在在做什么呢？"

她发了这么一句话。

"我在树荫下一边喝啤酒，一边读书。"——我打到一半，又给删掉了。因为这么一句话，不知道会引来什么样的后续，我对此感到恐惧。我猛然将视线落在自己左手的无名指上。那儿还有一圈淡淡的戒指的痕迹。

"戒指的印痕都还没消失，这时候不该这样做吧，不是吗？"

我还记得她那天说过的这句话。她这是改主意了吗？还是说，只是很闲，所以联系我打发时间？我胡乱将手机扔到了野餐垫上。

这时，一个塑料小球碰到了我的脚。我伸手拿起球，正准备扔回去，一抬头，正看见那个刚搬到我隔壁的船场。再前面是戴着草帽的小姑娘。

"啊。"我们同时出声，随后彼此点头示意。

"妈妈！"那个小姑娘抬高了声音。

"来啦！"船场转过头回道，"回见了。"船场再度对我低头行了一礼。

"我替您吧？"

"欸？"

"陪孩子玩儿球，您在这儿稍微歇会儿。"我说罢，请她坐到了野餐垫上。

我之所以如此接二连三地说出这些话，是因为船场的脸看上去已经红透了，而且全是汗——我这样对自己解释着，随后动作和缓地将球踢向那个小姑娘。踢球的人换成是我，小姑娘也没有显出任何抵触。我和小姑娘之间反复传了几次球。"再来，再来！"额头流了汗，小姑娘还在不停要求我给她传球。我也有求必应。她的脸也红透了。

"沙帆，你得休息一下了，不然会中暑的。"船场这样喊了一声，于是传球游戏暂停了。

我一边平复着呼吸，一边想：希穗和沙帆，这两个名字的发音还挺像的。沙帆向坐在野餐垫上的船场跑过去，跳进她的双臂之中。船场掏出小毛巾给沙帆擦着汗，又拿出水瓶给她喝着什么。我则偷偷避开船场，喝着已经变得温暾的啤酒。

"真抱歉，这孩子总是一遍遍折腾人……"

"没关系的，我也好好做了做运动嘛。"我说着，在离船场和沙帆有一定距离的地方坐了下来。我从牛仔裤后兜里掏出一块儿方巾，擦着汗。

"您的确很在行。"船场说着，将一瓶矿泉水递给我。

这水可能是放在保冷箱里的，维持着正正好的冰凉。她说的在行，究竟指什么呢？是玩儿球在行，还是陪小孩子在行？这些她都没有说清，就只是照顾着沙帆。沙帆被船场抱着，看了看我，又看了看妈妈，随后有些害羞地一头钻进妈妈怀里。

"沙帆今年差不多三岁了？"

"是，她上个月刚过三岁生日。不过这孩子体格大，特别爱运动，一到休息日我就累得不得了……您能帮忙陪她玩儿一会儿可真是帮大忙了，非常感谢。"

"爸爸？"沙帆抬头望着船场说。

"不是不是，这不是爸爸啦。这是泽渡先生……真抱歉，这个孩子一看到成年男性，就总是……"

她是不是不记得自己爸爸的脸了呢？我这样想着，但不能问，船场女士也没有说。她可能不想说吧。可是，说真的，被沙帆喊了一声爸爸，我总感觉自己心底的某处泛起一种甜蜜的酥麻的感觉。不是爹地，是爸爸。

仿佛要将这种令人局促的沉默打破一般，池中的喷泉突然扬得老高。

"妈妈，那是海吗？"

"不是啦，那不是海，是池子里的水哦。"

"沙帆想去海边，妈妈，咱们什么时候能去海边呀？"

"嗯……"船场说着，陷入沉默。

我望着她的侧脸。她生着端正的——这么说不知道是否合适——高挺的鼻梁。细腻雪白的皮肤，脸颊上散落着一些淡茶色的雀斑。是个很漂亮的人，我想。关于她，我什么都不知道。她是做什么工作的？她为什么成了单身母亲？她也对我一无所知。我本来没准备说出来的，可是望着她的侧脸，我突然开口道："我前妻现在带着女儿住在亚利桑那州。"

船场一脸惊讶地望着我，随后又转而目视前方说道："真远啊……"

"是啊，很远……"

"甚至都无法想象那是什么样的地方啊……"

嗯，这就足够了。现在，有人正在听我讲——讲我的前妻和女儿都在一个离这儿很遥远的地方。比如说，刚才给我发信息的那位宫田，这种话我就没法讲给她。这种话只能和彼此都暗怀心伤的人才能说。

"哎呀，沙帆睡着了。"船场的声音带着哭腔。

沙帆可能是玩球玩得累了，就那么满头大汗地在船场臂弯里虚脱了。那个重量我是能想象的，睡着的小孩要比醒着的时候沉得多。

"我抱吧。"

"欸，这种事怎么能拜托您？"

"可是，抱着这么大的孩子很费力的，您又没带婴儿车。"

野餐垫上，船场女士的那个装着皮球、水瓶的大包就被太阳直直照射着。她的眉毛皱起来，看上去快哭了。

"抱歉，真的很抱歉。"

我假装没听到她这句话，将沙帆抱了起来。船场背起自己的包，又拿起了我的提包，和我并排走起来。我们两个人一同走回公寓。那柔软的能够感受到细弱骨骼的身体，还有汗津津的仿佛两栖类的皮肤。附带若有若无的尘土气息。沙帆要比离开时的希穗体形更大，也更重，但是她身上的一切都是那么令我怀念。

"那个，真的真的很抱歉。"走到公寓前的那个坡道时，船场女士对我说。

"没关系，这点儿小事不算什么。"我回答。好久没抱小孩了，那个重量压得我腰有点儿疼。我再度将沙帆抱好。

"那个……她晚上很吵吧。这孩子特别讨厌刷牙……所以就哭得很大声……"

"哎呀，我女儿也是这样的。"

我嘴上这样说，但其实这并不是真话。希穗是个很懂事的孩子。我回家比较早的话会负责给她刷牙，只要说一声"该刷牙了"，希穗就会把她的小脑袋靠到我腿上，乖乖张嘴让我帮忙刷牙，而且从来不挣扎反抗。

走到公寓入口时，我们正和左内太太擦肩而过，抱着沙帆的我和船场女士同时对她点了点头，于是她张大了嘴巴，似乎是想说些什么。我很容易就能想象到，她估计一直到我们走过去都还在背后望着我们两人吧。

和船场一起走进电梯，又在同一层楼走出电梯。正当她开门时，沙帆醒了过来。

"爸爸……"

"这孩子真是的……实在抱歉。"船场的眉毛蹙得更用力了。

她接过一身大汗的沙帆，嘴里说道："真的很抱歉。"

她低下头。总感觉她很习惯道歉，这究竟是她本来的性格，还是因为做了单亲妈妈，才逐渐形成的性格呢？我不知道。可是听到她道歉，我下意识开口道："我可以开车带你们去海边，我车上的安全座椅也还没拆，偶尔也得把车开出去跑跑，否则车子的状态会变差。"

船场听了我的话，似乎想要开口，但又忍住了。我没有等到她回答，就留下一句"那先再见了"，随后打开自己房间的大门走了进去。我身上那件全是汗水的 T 恤上，还残留着沙帆的气息。

"和她联系了吗？"在公司吃饭时，园部坐在我对面问。

我马上明白他指的是宫田，于是我沉默了。

"她好像对你特别有意思……你们俩不是后来又去别的店里喝酒了吗？泽渡哥你啊，看上去一脸老实，还真是该出手时就出手呢。"

我感觉自己的脸红到了耳根，于是慌忙夹起小碟子里的腌渍白菜塞进嘴里。一副醉态、靠到她肩膀上的我，在黑乎乎的台阶上拉住她胳膊的我。虽然不清楚宫田究竟跟园部说到了哪个地步，但总感觉园部似乎完全掌握了那一晚发生的所有事。太阳穴附近，只有我咀嚼白菜的声音在回荡着。我很沉默，沉默地望着左手的无名指。那一圈淡淡的戒指痕迹和之前一样，仍旧残留在无名指上。

"这么重要的事情，你为什么不说句话啊。一个离过婚的男人如果能和她在一起，简直是奢侈，不是吗？"

我下意识抬起头来。

"抱歉，我这话说得太过分了。"园部默默对我低头道歉。

我放在桌上的那个私人手机又振动了。来了一条信息。是宫田发来的。

"下次咱们再一块儿吃个饭吧？选一个泽渡先生比较方便的日子。"

我望着手机屏幕，小声叹了口气，将手机背扣在了桌子上。

"那条信息，是不是宫田发的？"园部一边扒拉着猪排盖饭一边问。

我默默点了点头。

"虽然是我主办的那个聚会，这么说可能有点儿奇怪，但是她为什么就那么喜欢泽渡哥啊，另一个女生也是……是因为离过婚的男人有什么我不能理解的性感吗？"园部一边发着牢骚，一边歪头疑惑道。我有一搭没一搭地望着他的脸。

"啊，我又胡言乱语了，对不起……"

"我没生气啦，只不过……"

"只不过？"

"只不过这种事太久没经历了，我有点儿迷茫。"

园部把所剩不多的味噌汤一饮而尽，说道："迷茫？你又不是高中生……说不定泽渡哥你花期到了欸。"

"花期……"我念着这个好久没听过的词，险些笑出声。

"花期可是来去匆匆的哦……泽渡哥，要抓紧现在呀！那我先走了。"园部说罢，将碗碟放在塑料餐盘上，双手端着盘子离开桌边。

目送他离开员工食堂，我又看了看被我扣在桌上的手机。刚才宫田发来的那条信息已经看不到了，这次画面中弹出的是 LINE 的新消息。

"不知道这个星期日能不能就承蒙您上次提到的好意呢？如果您工作繁忙，请别多虑，直说即可。"

是船场发来的。我和她在那个公园又见过几次面后交换了 LINE。我其实是心怀只要去那个公园，说不定就能遇到船场女士的想法，每逢天晴的星期日就跑去公园。也不是每次都能如愿，有时候也会遇不到船场女士和沙帆。只要碰见她们，就能和沙帆一起玩儿，还能喝到船场女士泡的冰咖啡。

假似家人——我想起这样一个词。如今的我，需要的或许并不是宫田那样独身的健康女性，而是船场这样一边孤军奋战，一边疲于应付育儿和生活的女性。之前的星期日我曾说过："下星期日我们去海边吧？"

当时听我这样说，船场并没有答应，而是回答："不行的，那样太给您添麻烦了。"

"不过，我有时也想喘口气放松一下。就当是陪我去一趟海边吧，行吗？"

听我这样讲，船场也仿佛让自己接受这个解释一般地点了点头。沙帆似乎也在听我们的对话，她坐在我盘起的腿上，仰头望着我问道："沙帆可以去海边？"

"是呀，坐在车上，和沙帆的妈妈，还有我，一起去。"

"大海，大海！"沙帆嚷着，离开我的腿，在野餐垫上蹦了起来。

我们这样简直就像一家人啊。希里子不是都跑去亚利桑那州组建新家庭了吗？我为什么没有这个权利呢？这么一来，希穗怎么办？希穗现在有了新爹地。但我是她血缘上的父亲，这一点一生都不会改变。可是，希穗把那个之前从没见过的白人男性当成自己的父亲，并且在这样的认识之下逐渐长大。既然如此，那我也可以选择做沙帆的父亲啊。这样一个甜蜜的妄想的种子，开始在我心中一点点萌发出来。

从公园回来，我们分别在自己的屋门前告别。这栋公寓比较老旧，所以就算关上窗，还是能听到声音。星期日的深夜，我等着希穗打来视频电话的时候，时不时总能听到小孩子猛烈的哭声。这应该是沙帆在哭吧。不知为何，那天我左等右等，就是等不来希穗的视频电话。我担心出什么事了，于是点击了希里子的视频头像。一年未见的希里子出现在画面中。

"希穗发烧了……"

"没事吧？"

"这会儿要和大卫一起带她去看医生。"

"是吗？那多保重。"

"谢谢。"

希里子说完，屏幕啪地暗了下去。一年没见，希里子的头发长长了一些，脸色有些疲惫。希穗没事吧，我有些担心，但又意识到她并不是独自待在亚利桑那州的。她身边还有希里子，也有大卫。可是，我心里仍旧七上八下地发慌。钻进被子里，整个人仍旧清醒得很。不过，我最终还是在隔壁沙帆的哭声中逐渐陷入梦境。

之后那个星期日气温很高，而且天气也比较怪异。FM 上说，从下午开始可能突然有雷雨。沙帆才三岁，也不能在这大热天里突然下水游泳，只要带她去看看大海就行了。为了避免堵车，上午八点钟我就在公寓前等待船场和沙帆。看到她们俩过来，我走出车子，将后座的车门打开。沙帆一开始显得有点儿抵触，不过最终还是乖乖坐上了安全座椅。我又请船场去坐副驾驶的位置。她犹豫了一下，最终在我旁边坐了下来。于是我缓缓将车子开了出去。

"稍微开点儿窗户可以吧？"

"啊，好的，当然。"

湿热温暾的空气充满整个车内。船场一边小心头发不被吹乱，一边扭过头对后座的沙帆笑着说："真好呀，沙帆，可以去看海啦。"

"嗯，沙帆要去海边了，要坐着嗡嗡，和妈妈还有哥哥一起……"

不知从什么时候起，沙帆开始喊我哥哥了。几回哥哥里会掺着一回爸爸。每当她喊我爸爸，船场就会纠正她"是泽渡先生呀"，但是沙帆就是说不清楚。实在没办法，船场只好出于对我心情的照顾，改让沙帆喊我"哥哥"（虽然从年龄和外貌上看，我都是实打实的大叔）。从那以后，我就成了沙帆的"哥哥"。在沙帆心中，我究竟处在一个什么位置呢？不清楚。可是，她看上去并不讨厌我。

沙帆怀里抱着一只粉色的兔子玩偶，乖乖望着窗户外面，看上去也不晕车。我很久没开车了，一开始还对带着船场和沙帆出远门感到有些紧张，随着逐渐接近大海，我想起了过去很多个星期日，我都曾带着希里子和希穗去海边，于是也逐渐适应了驾车。

我回忆起某次开车出去——那是在希里子告诉我她有了喜欢的人之后，我已经忘了是去了哪儿。我把在车后座熟睡的希穗忘在了脑后，和希里子猛烈地争论起来。后来，希穗被希里子的叫声惊醒，我们又开始哄她。

"孩子晚上哭，挺麻烦的是吧。"我目视前方，不经意地说着。

"哎呀，看来您确实能听到。太抱歉了，她好像不太适应这个住处……然后还总是嚷着'爸爸不在，爸爸不在'一类的……"

我感觉整个心都被揪紧了。去了亚利桑那州的希穗，是不是也曾那样哭泣呢？希里子又是说什么来安慰她哄她的呢？

"您千万别在意，我是习惯听孩子哭的。"

"实在太对不住了，您应该工作很疲惫了，我家小孩还妨碍您好好睡觉……"

"哎呀，船场女士不是也一样吗？白天要工作，然后去幼儿园接孩子，给她做饭，喂她吃饭，带她洗澡，给她刷牙……"

我说到一半的时候，船场就笑了起来。她望向我，眼圈微微泛红。在公园交谈的时候，我得知她是在营养食品公司负责宣传工作。她父母住得很远，很少能见到沙帆。在公园见到她的时候，也没见她身边有其他的妈妈朋友。估计她在这边没什么可依赖的人，完全靠自己独自抚养孩子。要是这次旅行能够让她和沙帆的内心畅快呼吸一场就好了。

海越来越近，天上的云看上去已经有点儿不对劲了。透过敞开的车窗，感觉似乎有一股雨水的味道飘过来。抬起头，灰色的云块之中似乎蓄满了雨滴。可我仍载着她们两人向大海奔去。山与山的缝隙之间不时掠过海平面的影子。

"啊，是大海！"船场像个孩子一样欢呼起来。

不知何时，沙帆已经沉沉睡去。离海越来越近，风中似乎也掺进了海潮的香气。刚过中午没多久，啪嗒、啪嗒，雨滴开始敲击起了车前窗。我将车停在离海岸很近的停车场，这儿除了我们的车之外，几乎没有其他车了。雨已经开始倾盆而下，有生以来我还是第一次在这种天气跑到海边。平日里淡灰色的海岸瞬间被染上一片浓黑。

"到海边啦？"沙帆在后排座位上用迷迷糊糊的声音问道。

"到了，但是在下雨呢……"

"不能在海里游泳吗？"

"今天可能不行呢。"

于是，沙帆发出能将车内闷热的空气劈碎一般的哭喊声。离得这么近听，还是很有压迫感的。那哭声仿佛能直戳人的神经一般。船场从副驾驶的位置伸出手，温柔地抚着沙帆的大腿。

"咱们就望着大海吃午饭吧。"

她一边说着，一边从摆在双膝上的包里拿出塑料饭盒，饭盒上面还画着我不认识的卡通形象。船场打开盒盖，我看看里面，绿色的是黄瓜，红色的是果酱。盒子里交替叠放着绿色和红色的三明治。她又把另一个放着同样食物的更大一圈的饭盒递给我。

"不嫌弃的话，请您尝尝吧。"

我接过饭盒，船场打开副驾驶的门，跑去了车后排。她递给沙帆一片三明治，却被沙帆打飞了。夹在三明治里的黄瓜薄片散落在安全座椅周围。

"沙帆！"

船场提高了嗓音，可沙帆仍旧哭得停不下来。我想起那么长时间的育儿生活，其实大部分是由这种令人心烦意乱的片段拼接而成的。希里子和希穗在的时候，这种场面也出现过很多次。我忍不住开口道："那就稍微看一下。"

好不容易到眼前了，我想让沙帆离海更近一些，想让她能触碰到大海。我打开车门，撑起伞，又打开了后排的车门，解掉安全座椅的带子，将沙帆抱了起来。或许是因为刚刚大哭过吧，她身上都被汗水濡湿了。我抱着她向大海走去。海潮涌近，留下白色的泡沫，又消退回去。我让怀中沙帆的那双凉鞋浸到海浪里。一开始她很害怕，还缩着脚，但很快便好奇地主动伸出脚去。她想自己站在海浪里，于是我将她放到沙滩上。沙帆那双强壮的小腿站在了海岸上，我将伞向着她倾过去。为了不让她被海浪冲走，我紧紧地握着她的手。我 T 恤的左肩已经被雨水打湿了。

"这是大海吗？是大海吗？"沙帆仰头望着我，问道。

"对呀。虽然今天在下雨，但这就是大海哦。"

或许是海浪冲刷着双脚，有点儿痒痒的，沙帆开心地抬高了嗓门。我牵着她的手望着大海。那是深灰色的一团水。无论大海、沙滩，都是渐进的灰色。唯一鲜艳的色彩，是沙帆身上穿的那件印着红色泡泡的 T 恤，似乎只有那片鲜艳之中才留有生机。这片海一直连到美国，可亚利桑那州应该是没有海的。希穗什么时候才能看到波澜壮阔的大海呢？

回过神来，船场已经站在了我身边，手中的伞向我这边倾斜。她的脸被雨水打湿了，一缕头发贴在了脸颊上。

"谢谢您，这么一来，沙帆应该也算尽兴了。"听到船场这样讲，我握住了她的手。

这个动作并没有包含任何特别的意思，就只是出于动物本能的条件反射。她的手很温暖，和沙帆热乎乎的小手还不太一样。我已经很久没有触碰过这种温暖了。船场并没有甩开我的手。大雨落入海洋，雨便不是雨，而变成了海。它们之间的分界线究竟在哪儿呢？我望着那铅色的大海，愣愣地想着。

雨下得更厉害了，船场近乎半强迫地把又要开始哭的沙帆拉回车里，用毛巾擦拭她全身。她另递给我一条毛巾，那条毛巾上沾着别人家的味道。我们就在车子里吃掉了船场做的三明治。

"没能游成泳呐！"沙帆一边咬着三明治，一边大声说。

"下次再来吧。"船场坐在沙帆旁边，用仿佛被光线刺得目眩的表情望着我。

"找个晴天，来游泳吧。"

"嗯！"沙帆回应着，三明治的碎屑从嘴巴里漏了出来。

或许是玩得太激动，也可能是吃得太饱了。回程的路上沙帆又睡着了。

"好久没见那个孩子这么高兴了。真的太谢谢您了。"

"这种事，我随时都会奉陪的。"

我一边回答她，一边从后视镜看了一眼正在熟睡的沙帆。她一双结实的腿从短裙下露出来，能看到大腿上好像有一块儿红紫色瘀青。或许是从出生起就有的胎记？不过我并没开口提这件事。

"我不想和哥哥拜拜呢。"

到家之后，沙帆还睡得迷迷糊糊的，闹脾气，又哭了起来。时间差不多是傍晚六点前。回家路上雨就停了，公寓附近似乎没有下过雨，路上还是干的。

"不行哦沙帆，明天还要去幼儿园呢，早点吃了晚饭睡觉觉吧。"

"稍微休息一下吧？我去煮咖啡。船场女士应该也很累了吧。"

船场的脸上露出有些困惑的表情，我其实是想泡杯咖啡，和她共饮。沙帆就好像在自己家一样，进了我的房间。我从橱柜里找出希穗的玩具给她。玩偶、洋娃娃、积木，全都是希穗留下的。于是沙帆伸着腿坐在了客厅的地毯上，独自玩了起来。我请船场在餐桌边坐下，去厨房煮起了咖啡。船场下意识环视着整个房间，说道："您收拾得真整齐，和我们家大不一样啊。"

"因为我只是回来睡个觉而已。"

我将咖啡杯放到船场眼前，她伸手端起杯子，心旷神怡般地闻着咖啡香。

"已经很久没有像这样，有人煮咖啡给我了。"

"不嫌弃的话，我随时都可以为您煮。"这是我的真心话。

"今天真的太谢谢您了。沙帆一直在任性……也不知道她是像谁，有时候总是不听我说话……不，其实，这并不是沙帆的性格。可能是我的教育有问题吧。"说到这儿，船场叹了口气。

"我丈夫、我前夫说过好多次，也责备过我好多次了。"

说着，船场便哭泣了片刻。我不知该对她说些什么，于是伸手覆住船场摆在桌上的一只手。

"啊，那幅画。"

船场抬高声音转移话题，迅速抽回了自己的手。客厅和卧室之间的门是开着的。从船场坐着的位置，应该是能看到柜子上的那幅画的吧。

"那是什么画呢？"

"啊，那幅画叫《湿海》。"

"我之前好像在电视上看到过这幅画，还有点儿印象。当时就想知道画的是什么，于是还在网上查过，但也没查明白……"

她是在结婚之后看到的，还是在离婚之后看到的呢？既然那幅令人感到阴郁的画作会给她留下那么深刻的印象，那应该就是在她的婚姻生活开始变得不顺之后看到的吧。我总有这样的感觉，不过也没有多说什么。没有告诉她，是我妻子很喜欢这幅画。没有告诉她，是我妻子把这幅画装饰在家里的。可是，妻子为什么喜欢这幅画？我从来没问过她。你这个人，除了自己以外，对什么都不感兴趣——我耳畔似乎响起了妻子不知何时曾对我说过的话。

和船场一起喝的咖啡很美味。中途，沙帆偶尔会单手拿着玩偶跑来，把脸埋在船场膝上撒娇。未来——这个词在我脑海中浮现。未来我成了沙帆的爸爸，成了船场的丈夫。我在瞎想些什么啊？我一边这样琢磨，一边又想——眼前这一幕，不就是一家人的模样吗？仿佛要压下我这番甜美的妄想一般，船场突然用母亲的音色说："好了，咱们该告辞了。沙帆，该回家准备晚饭了。"

"不要！"沙帆猛烈地摇着头。

"我来简单做点什么吧？"

"不行，不能再这样麻烦泽渡先生了。而且这孩子特别挑食，还对很多食材过敏。能吃的东西很有限的。"船场又蹙起了眉。

她都这么说了，我也不能强求。船场想把沙帆手里捏着的长颈鹿玩偶递给我，可是沙帆哭喊得更厉害了。

"不行，这是沙帆的长颈鹿，不行！"她开始在地上打起滚来。

"我已经不需要玩具了呀。"我把玩偶递给了闹脾气的沙帆。

她接过去，紧紧搂在怀里，好似在宣誓自己对长颈鹿的主权。

"这个孩子真是的，总是这么任性。"船场对着我低下头致歉。

"我要和哥哥一起，沙帆要和哥哥一起！"沙帆一边喊着，一边像条刚被钓上来的大鱼一样在地上扑腾。

船场把她抱起来，一次次冲我低头致歉，随后回到了我隔壁。在她们离开的时候，我再度注意到了之前车里看到的沙帆大腿上的那块儿瘀青。门关上了，我轻声叹了口气。

她们虽然已经回去，但是我听到沙帆哭得一直停不下来。可能是带她去海边，搞得太过亢奋了吧。想到这儿，我突然觉得有些对不住船场。我从冰箱里划拉出一些剩余食材，炒了一盘不知道该叫什么的东西，就着啤酒吃了下去。

我设定好了午夜两点的闹钟，等着视频电话打过来。到了和上一周同样的时间，电脑屏幕上显示的依旧只有主页画面。该不会，希穗她的身体又出状况了吧？可是，我再主动打电话过去，就又会看到希里子那张不高兴的脸。我也不想那样。又等了一会儿后，我最终放弃了，躺到了床上。

随后，我又做了同样的梦。可是，梦里那两个人不是希里子和希穗，而变成了船场和沙帆。她们站在被大雨浸得沉重的沙滩之下，在地底的一片黑暗之中。我还像在之前的梦境中那样，手拿牛骨去接她们。我想办法和那只大黑狗混熟，然后开始呼唤她们的名字。我决不会回头看她们的。我能听到她们很轻的脚步声。就这样在黑暗中走了一会儿，我又听到了海浪和下雨的声音。其中还混杂着某个人的声音，然后是从遥远的彼岸，从我背后奔跑过来的小小脚步声。

"爹地！"

是希穗。

听到她的声音，我下意识转过了头。她那细得几乎要折断的双臂紧紧抱住我的腿。我抬起头，看到了眼前的船场和沙帆。她们的身体是沙子做的。和船场视线相交的瞬间，她们母女的身体便被涌到脚边的海浪冲塌了。啊！还未等我多想，她们的身体已经被海浪融化，被大海掳走了。

希穗抬起头，看着我的脸："爹地永远都是希穗的爹地，对吧？"

"是啊。"我本想这样回答。可是我的嘴巴仿佛被粘到一起似的，根本动不了。就在这时，我醒了过来。我明明有亲女儿希穗，却带着沙帆去海边，还把希穗留下的长颈鹿玩偶送给了沙帆。或许是我心底里残留的些微罪恶感促使我做了刚才的梦吧。不论发生什么，我都是希穗的爸爸啊，我在心底里低声念着，再度闭上了眼。

从那天起，我和船场还有沙帆每周都会共度星期日。可是，我们还从未一起吃过晚饭。船场和沙帆来过我这儿很多次，但是我还从未被邀请去她们家做过客。这样交往下去的终点在哪儿，我也不知道。但对我来说，和她们一起度过的星期日，是为繁重的日常工作画下休止符的一天。梅雨季过去，盛夏仍在继续。我和沙帆约好了，一定要再去一次海边。

一直到星期五的夜里，我留在公司处理弄不完的工作。和我一样在加班的园部跑来我工位前说："宫田可失望了，她说给你发消息，你根本不回复。"

"她一开始就没准备和我这种人交往吧？"

"你这话说得可真是没根据了，人家可是很认真的呢……还说，星期日给你发消息你也不回，是不是和别人在一块儿呢……"

"怎么会，哪有那个闲工夫。"

"可是，我看你晒了个蛮健康的肤色，而且一天天过得好像挺开心的。"

每个星期日去公园和沙帆跑来跑去，所以被晒黑了也正常吧。可是，就算和园部关系不错，我也不准备把船场和沙帆的事告诉他。要是对他说我和搬来同一层楼的单亲妈妈关系很近，那肯定要被园部打趣。

"啊，还有这个。"园部说着，将一个质地相当不错的白色信封递给我。

"这是我婚礼的请柬，十月份连休的时候办，你肯定会来的吧。"

"当然了。"我眼睛都没离开电脑屏幕，如此回答道。

"对了，我还想请泽渡哥上台讲几句，拜托了哦。不过啊，结婚戒指可真是贵死了，婚还没结感觉自己就要破产了。"园部说罢，就返回自己的工位了。

我下意识看了看自己左手的无名指。可能是被太阳晒的原因吧，那道戒指的痕迹已经几乎看不见了。

加班结束，我走在闷热的夜路上，掏出手帕擦着额头的汗水，筋疲力尽地走到公寓。八点刚过，比平时到家的时间要早些。从电梯里走出来后，我看到船场家门口站着好几个人。门背后能听到沙帆在哭。明明隔着一道门，哭声却仿佛冲破耳膜一般尖利。那哭声始终不停，有时还掺杂着"妈妈，不要，妈妈，别打"的喊声。又是因为刷牙的事在闹吗？可是，光刷牙会哭成这样吗？我平时都是快到末班车的时间才到家，所以从来不知道她在这个时间段会哭成这样。

我走上前，按响了船场家的门铃。按了一次又一次。毫无反应。我又敲着房门，尽量压着声音呼喊："船场女士，船场女士！"

"我们喊过好几次了，根本不出来。"站在一旁的左内太太说。

"每天、每天晚上都这样，一直哭到深夜。我担心她虐待儿童，所以还联系了儿童咨询中心。"

儿童咨询中心。这几个字仿佛在我心底里划下一道伤痕。船场怎么可能会虐待孩子呢？干吗把事情闹得那么大啊？我禁不住瞪视着左内。可是旁边那几个人听到左内这样说，纷纷用力点头。我再度敲响房门喊着船场的名字，还有沙帆的名字，可是那哭声只是变得更大了。

"我可以从我房间这边给她打电话，大家都散了吧。"

我不想让这场骚动再度扩大。总觉得左内太太听到我说"从我房间这边给她打电话"这句话时，眼神瞬间变得锐利起来。我目送船场家门前围着的人一个个回到自己房间，随后回屋给船场继续打电话。可是电话始终都是无人接听的状态。发送 LINE 消息，也一直没有"已读"。

"要是需要帮助，请随时联系我。"

我最后打下这行字，没有换衣服就直接躺到了沙发上。沙帆的哭声还在继续。虐待，怎么会呢？可是与这念头相背，我想起了之前看到的沙帆腿上的那片瘀痕。那个瘀青，该不会……我就这样想着想着睡着了。半梦半醒时，我听到自己家的门铃响了起来。枕边的电子时钟显示现在是凌晨四点半。已经听不到沙帆的哭声了。我站起身，到走廊前打开门。船场顶着两个黑眼圈站在我眼前，身上还穿着一件皱巴巴的白色罩衫，平时总是整齐绾起的头发也散了。

"我……我没有虐待她。"

船场小声说，我抱住了她。用动作告诉她，我知道。她缩在我的怀中，比我想象的还要娇小。我闻到了她眼泪的味道。和沙帆一起去海边时嗅到的海水也是类似的味道。我关上门，站在玄关的水泥地面上吻了吻她的嘴唇。和她温暖的手不同，她的嘴唇是冰凉的。正当我想要再度吻她时，远处传来一阵哭声。是船场的房间，她猛地一惊，脸上的表情恢复到了一个母亲的模样。可是，她再度碰了碰我的嘴唇，随后抓紧我的双臂，缓缓蹲下了身。

"真不该生什么孩子的啊……"

她用游丝般的声音说着，随后短暂地哭了起来，又用手掌拭去泪水，站了起来。

"可是，我必须得回去了。"

她勉强摆出一个笑脸。

说完这句话，她就走了。

星期六和接下来的星期日都是雨天，我只去了超市和洗衣房，其他时候都没离开房间。找机会去按过船场家的门铃，可是完全没反应。我甚至听不到沙帆的哭声了。我打过几通电话，也发了消息，但是一概没有回应。一切就好似回到了遇见船场和沙帆之前的星期日一般。我躺在沙发上，忍受着太阳穴沉重的钝痛。我依然期待着对方有可能会回复我什么，于是始终把手机捏在手里。可手机一次都没振动过。我甚至都不知道船场和沙帆是否还在家，也感觉不到隔壁像有人住的样子。就算到了晚饭时间，也闻不到任何做饭的味道了。

我不认为自己和船场之间的关系就这样仿佛断线风筝一般消失。可我有这样的预感。因为希里子和希穗就是这样从我眼前消失踪影的。

结果，我的预感成真了。那次黎明在玄关和船场的拥抱亲吻，就是我最后一次见她。

虽然见不到她了，但我还在思索。

万一沙帆真的受到了船场的虐待，那怎么做才是最好的呢？在这栋公寓里，和她们最亲近的就是我。我总觉得，像左内太太那样动不动就联系儿童咨询中心，实在太简单粗暴了。船场说过了，她没有虐待。我也愿意相信她。我只要全力支持她就好了，不是吗？可是，像我这种只能在星期日见到她们，平日都是到末班车的时间才能回来的人，恐怕根本做不到吧。就这一点，希里子也曾责备过我。就在我没法去支持她，每天工作到很晚的日子里（但我曾认为自己这样做就是为了支撑起她的生活），希里子最终和其他男人相恋，希穗开始喊别的男人"爹地"。都是同一个循环，我始终在同一个圈里打转。

过了盂兰盆假期，风和阳光也都显露出秋色。

距离船场她们从这栋公寓消失已经过去了一个月。星期六的午后，我从洗衣房回到家，发现船场家的房门大敞着。我原本没想看，但还是去瞧了一眼。那里已经彻底没有了她们生活过的痕迹。可能是为住户做清洁工作的人进来了吧，我看到从玄关到走廊，靠墙放着巨大的白色铁桶和拖布。房内既没有碎纸屑，也没有灰尘。这里只剩一个白色的空空如也的房间。就连船场和沙帆这对母女是否在这儿生活过都已经变得模糊不清。正当我恍惚地站在门前时，肩膀突然被人拍了拍，是左内太太。

"有个男人，好像是她先生吧，来找过她好几次。他们最后好像还是决定三个人一起生活了。不管怎么说，反正最终回归家庭了，这不就是最好的结果吗？"

左内望着我的眼神似乎别有深意，我忍受不住，于是跑回自己房间。我将洗衣袋扔到地板上，也没有洗手就直接躺倒在床上。塞在牛仔裤后兜的手机响了起来。是视频电话。不知发生了什么，我点击了接听，屏幕上冒出了希穗的脸。她的脸蛋变得圆润，和我在一起时的模样已经逐渐消失。"爹地！爹地！你现在在哪儿呀？"希穗问道。那声音就好似从世界的尽头传来一般。"希穗，爹地究竟在哪儿呢？你能告诉我吗？""爹地在 Tokyo 呀，爹地住在 Japan 的 Tokyo 呀。"希穗用英语回答着，随后屏幕就变黑了。

《湿海》映入眼帘。船场和沙帆也走进了这幅画中。不，不对，身在这幅画中的是我自己。只有我自己被留在了这片月球的表面。这些女人都离开了我，消失了。只有我的双脚，深深陷进了这温暾的泥泞之中。

随星辰而行

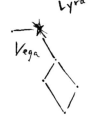

Lyra

Vega

Summer Triangle

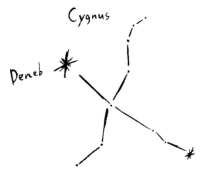

Cygnus

Deneb

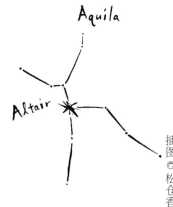

Aquila

Altair

插图 © 松仓香子

我读小学四年级的那年春天，弟弟小海出生了。

从学校回到家，要先去洗脸池边。我将口罩放进衣篓，在洗脸池边洗了手，又漱了口。然后把酒精凝胶抹在手上擦开（不然会被渚阿姨骂）。

我凑近了窗畔的婴儿床，问渚阿姨（我的新妈妈。从小学二年级的春天起，我们开始一起生活。已经过去两年了，但我不努力的话还是没法对着她喊"妈妈"）："我能看看他吗？"于是她睡眼惺忪地露出一个微笑说："好呀。"

宝宝刚出生时的脸长得好像地藏菩萨一样，而且一直都在睡觉，但最近我回家的时候小海经常是醒着的。如果我把手伸到婴儿床的围栏里，他会紧紧地抓住我的手指不撒开，而且还会抓着我的手指头准备往自己的嘴里送。我说着"不行不行"，把手指嗖地从小海的拳头里抽出来。小海把头转向我，望着我笑了。好可爱啊，我心想。他现在能发出"啊"或"呜"一类不成话的声音了。听上去就像在唱歌。

"阿想，吃点心吗？"渚阿姨喊我去桌边。

"嗯。"我应了一声，坐到椅子上。桌上摆着爸爸做的杯子蛋糕和牛奶。我爸爸在车站前经营一家咖啡馆。夜里比较晚的时候店里还会卖酒，但是最近因为疫情，没法卖了。

"疫情搞得生意完全没法做啊。"这是爸爸最近的口头禅。

每次他这样说的时候，就会显出一脸疲态。我好担心他。不过，那块装饰了巧克力和坚果的杯子蛋糕仍旧是爸爸一贯做的味道，能做出这么好吃的东西，爸爸真厉害呀。

"渚阿姨，啊，呃，妈妈不吃吗？"我问。

"生完小海之后我体重还没有恢复，只能忍忍啦。"她用仿佛歌唱一般的语气说着，在我喝光的杯子里又添上牛奶。渚阿姨的眼下长出了黑眼圈，表情和爸爸一样，看上去很疲惫。

"今天的补习班是几点开始？"

"呃，六点半开始。"

"那我得加油给你弄便当了。"

"其实……渚阿姨，如果很累，就不要勉强自己了啊。你还要照顾小海呢，有些同学就随便买个汉堡吃吃就行的。"我本想这样对她说，但是不知道如何才能表达好。

我曾经说过"不用给我做便当"，可她只回答我"正长身体的小孩，不吃饭怎么行"。

一直到去上补习班前，我都在自己的房间做学校留的作业。我参加初中升学考，其实是我真正的妈妈做的决定，但爸爸反对她的做法，我知道他们还为此争吵过。

"正是贪玩年纪的小孩，怎么能让他跑去上补习班，一直到夜里 10 点还在外头！"我听爸爸这样怒吼过。就算到如今，有时候，只是有时候，爸爸和妈妈争吵的声音还会在我耳畔回荡。有时是在泡澡，有时是在从学校回家的路上。我那段日子啊，过得真难。想到这儿，我的眼泪就要流出来，于是急忙撩了捧洗澡水到脸上冲了冲。可是，我现在也挺难的，我想。因为在我想见妈妈，想见我真正的妈妈时，我却见不到她。

写完作业，我把渚阿姨做好的便当塞进上补习班用的背包里，向车站走去。有个小男孩牵着妈妈的一只手，他妈妈踩着高跟鞋，另一只手上还拎着购物袋，似乎是刚从幼儿园回来。看到他们两人，我感觉胸口猛地抽紧，痛苦极了。

爸爸妈妈究竟为什么要分开呢？真正的理由我也不清楚，而且他们俩都没有告诉我。我也不知道自己为什么无法随时见到妈妈，这令我不时感到十分痛苦。等反应过来，我已经由爸爸抚养，开始和渚阿姨生活，然后小海也出生了。我也很喜欢渚阿姨和小海。不过说实话，和对妈妈的喜欢相比，我对她们的喜欢要少得多。可是，这件事我对谁都没说。

坐十分钟电车，向着补习班所在的那个大站开去。在马上到站前的一个转弯处，轨道边冒出一堆公寓，它们仿佛向电车猛扑过来一般。简直近得能看到公寓房间里的模样。我的视线停留在其中一个房间，那一户的阳台上摆着一大盆发财树，所以马上就能辨认出来。那个发财树是我和爸爸妈妈还住在一起的时候就在的。那房间没有亮灯，妈妈就住在里面。

我每隔三个月可以和妈妈见一面，除此之外我都见不到她，不知道为什么要这样。其实，从补习班回来的路上，只要我想，就可以去妈妈住的公寓找她。可一旦这么做，妈妈可能又要被爸爸大声吼了，一想到这儿，我就说什么都迈不开步。

即便如此，能在妈妈居住的那条街上补习班，我还是很高兴的。说实话，我并不喜欢去补习，完全就是为了能来这条街才愿意去上课的。

下了补习班，感觉脑子直发热，累得很。回家的电车上我又看到了妈妈的房间。隔着窗帘，那盏蜂蜜色的灯正发着光。我回来了，欢迎回家——我默默在心里念着。

回到自己住的那条街，爸爸就在检票口等着我。

"嘿，辛苦喽。"爸爸这样说着，我闻得到一丝酒气。

新冠肺炎疫情暴发以后，爸爸的店晚上关门后就这样了。晚上在家的时候，爸爸就开始喝酒。我不太喜欢酒的气味。爸爸和妈妈争吵的时候，我总能闻到他身上的酒气，所以这个味道会勾起我当时的记忆。

"顺路去个便利店吧。"从补习班回来的路上，爸爸总会这么说。

我其实并没有什么想要的，但他依然会买一小条软糖或者巧克力，然后给自己买啤酒。出了便利店，我们两个人肩并肩走着。过了轨道线就是爸爸的店了。他停下脚步。

店里已经熄了灯，平时摆在店外的看板也收了进去。咖啡店所在的那条街死一般寂静。它隔壁的烤串店，还有隔壁的鳗鱼店也都关门了。感觉这条街似乎在一点点失去生命。

"接下来，会变成什么样子呢？"爸爸略带苦涩地说。

他站定了，望着自己的店。虽然有点儿害羞，但我还是和爸爸牵着手。真希望他能早点振作起来。

"阿想还要参加初中升学考试呢，可得加油啊。"爸爸仿佛在说给自己听一般。

他明明应该是反对我参加初中升学考试的（而且还和妈妈为这事吵过架），但不知从何时起又改口了，真是不可思议。该不会……虽然只是猜测，该不会我去上补习班的钱是妈妈出的吧。

毕竟，自打新冠肺炎疫情肆虐，爸爸的工作就陷入困境。这一点我这个小学生都看得出来。再加上小海出生，接下来要负担两个孩子的花销，我们家不可能有闲钱的。而且我们住的公寓都还在贷款呢。

和爸爸两个人到家之后，我们轻轻推开房门，洗手，漱口，酒精消毒。灯还亮着，小海躺在婴儿床里，渚阿姨躺在客厅沙发上睡着了。我走近窗边的婴儿床。小海大睁着眼睛，望着我的脸，他真的好可爱啊。

我在理科的课堂上学到了"夏季大三角"。是关于星星的事。天鹅座的天津四，天琴座的织女星，还有牛郎星河鼓二。这三颗星连起来，形成了"夏季大三角"。

"在这个城市里或许看不到吧，去天文馆的话就能看到了……不过，现在是疫情期间，估计天文馆也没有开门……"

就在老师仿佛喃喃自语的那一瞬间，铃声响起，宣告一节课的结束。

戴着口罩去学校，戴着口罩上课，这些我早都习惯了。可是随着夏季来临，戴口罩真的会有上不来气的感觉。即便如此，不戴口罩就会被老师骂，所以我会跑到厕所或者走廊的暗处，扯开口罩深呼吸一下。

天文馆，在我上幼儿园的时候，爸爸和真正的妈妈曾经带我去过。虽然是人工的光亮，但我从来没见过那样的星空。四周暗下来，星星就像从天而降的雨。我不由自主地喊了声"哇！"，爸爸和妈妈同时扑哧一声笑了。一想起当时的情景，我的胸口就仿佛被紧紧拧住一般，疼痛不已。

午休时，我和学校里唯一的好友中条一起去了图书室。中条大概称得上是小学四年级学生里学习最好的。我们去上同一所补习学校，但中条进的是那儿最好的班。自然，我和他不在一个班。

　　我们在图书室的椅子上肩并着肩，阅读一本叫作《星座图鉴》的书。

　　"盂兰盆节的时候正赶上英仙座流星雨，据说一小时内能看到一百颗左右的流星呢。"

　　"中条你还真是什么都知道啊，你看过流星雨吗？"

　　"嗯，去年暑假我去了长野，在露营地看到的，和我爸……"

　　说到"和我爸"几个字的时候，中条略显迟疑。他家的情况和我家一样，父母离异。这个不能和其他同学大声说出口的秘密，将我们两人维系在一起。中条他现在是和妈妈一起生活。

　　"今年我们也会去。"

　　"真好啊……"

　　不论是和妈妈一起生活，还是和爸爸一起去露营，我都打心眼里羡慕中条。

　　"那个，中条，你和你爸能说话吗？"

　　"欸，什么意思？"

"就是，你们能随时联系到吗？你和你爸？"

"嗯，随时都能打电话的呀。不过，我爸白天在工作，所以不会打电话给他啦。我们还互相加了 LINE。"

"欸——！"我惊讶极了。

虽然不晓得爸爸和妈妈是怎么商量的，但都是爸爸通知我哪天能和妈妈见面，我不能擅自联系她。这令我非常寂寞，而且有些心焦。

"真好啊！"

听我这样讲，中条用中指一推眼镜，回答："你请求一下你爸不就好了，这是我们子女应有的权利。"

"子女应有的权利……哦。"中条还懂这么难的词呢，我想着。

不过，听他这么一说，好像的确是这样。没法随意和自己的亲生母亲联系，确实不太对劲儿。那天，我一边背着书包走在回家的路上，一边思考什么时候和爸爸聊聊，心里七上八下的。

走进公寓的自动门，瞬间感觉到了沁凉的冷气。我向电梯间走去。当然，我手上有家里的钥匙。我和平时一样打开了玄关的门，门却只能拉开一点点，上面还扣着保险扣。就是说……渚阿姨和小海应该在屋里……想到这儿，我突然慌了。

"渚阿姨。"我隔着门缝喊道。但她可能睡着了，没有回应，也没听到小海的声音。

"渚阿姨。"我喊了好几次，可是房间里丝毫没有人走动的声音，当然，也没听到爸爸的声音。

啊，我突然意识到自己喊错了，于是呼出一口气，又喊了声："妈妈。"

可是不论喊多少回，房间里都没有反应。我放弃了，关上了大门。还是头一回遇到这种事。渚阿姨人很温柔，不会把我锁在外面的。她应该是和小海一起睡着了，睡得太沉了吧。

要不要去爸爸店里呢？我虽然想到了这个选择，但是不想在白天爸爸工作很忙的时候打扰他。没办法，我坐上电梯回到了一楼。在入口的沙发上等了起来。偶尔会有小孩子在这里的沙发上玩耍，所以就算我坐在这儿，路过的人也不会对我投以狐疑的目光。

事出无奈，我只好从书包里掏出今天在图书室借来的《星座图鉴》，翻阅起来。可是，我又开始担心渚阿姨和小海是不是出什么事了。我是不是应该叫救护车，或者联系警察？我越想越慌。可是，我的手机现在也放在家里。或者，是不是联系公寓管理员会比较好？

正当我转动脑筋思索这些时，自动门突然打开了。

一个弯腰驼背的老奶奶推着购物车走了进来。芹菜黄绿相间的叶子从车子里探了出来。和我的奶奶们（爸爸、妈妈和渚阿姨的妈妈们）比起来，这个老奶奶要老得多。她满头的白发是用一块儿颜色鲜艳的头巾拢起来的，耳朵上戴着大大的石头耳环。脸上还架着一副镜框很大的眼镜，把老奶奶的眼睛放得格外大。她手上布满皱纹，涂着火红的指甲油。她打扮得很张扬，看上去并不像我熟悉的那种老奶奶。不过，我还是第一次在这栋公寓里遇见她。那个老奶奶一直死死盯着我看，搞得我有些不自在。随后，老奶奶的目光停留在了我身旁打开的书包上。

"你在这儿干什么呢？"老奶奶掷地有声地问道。

"那个，那个……我打不开家门……"

"你家有人吗？"

"有的。"

"那可有点儿奇怪了，我去你家看一下吧？"

话音都还没落，她就把购物车扔在了一楼最边上的房间（那儿可能就是她家）门口，然后大步流星地向着电梯间走去。我抱着书包，慌里慌张地追在她身后。两个人一起走进电梯。

"几号房间？"

听我说完房间号，老奶奶抬手按下了五楼的电梯按钮。

不知为何，我感觉心怦怦跳着。走出电梯之后，老奶奶毫不迟疑地向着我家走去。随后按下了门铃。果然还是没反应，我又用钥匙试着开门，果然，房门还是用保险扣扣着的。

"渚阿姨！"我喊道。

"哎呀，里面不是你妈妈？"老奶奶问。于是我慌忙改口，对着门缝大喊："妈妈！"可是依然没有反应。于是，老奶奶开始用拳头砸起了门。我惊得眼睛溜圆。整个走廊都回荡着老奶奶砸门发出的"哐哐"声。随后，屋内响起了窸窸窣窣的声音，我从门缝看过去，发现渚阿姨正一脸困倦地从走廊走过来。

"渚阿姨！"我几乎带着哭腔喊道。

"你这么砸门，会把小海吵醒的！"

渚阿姨带着我从没见过的愠怒表情打开了门。她的头发乱糟糟的，两个重重的黑眼圈。早饭时用来固定住前刘海的发夹还留在头发上。不过，她还是把门打开了。

我转过头，发现老奶奶已经回到电梯里，正望着我这边，我急忙低头行礼。见我走进房间，渚阿姨又猛地倒在了沙发上。我去洗脸池边洗手、漱口、酒精消毒，正要走近婴儿床时——

"他好不容易才睡着，不行！"渚阿姨尖声叫道。还是第一次听到她发出这样的声音，我不由得整个人原地一激灵。

自从见到渚阿姨，或者说，自从我们在一起生活，她就从来没有对我说过"不行"一类的话。渚阿姨，你之前没有把保险扣打开啊——我本来想说的，可是感觉自己有可能说不好。而且，我很怕她又训我。

"我还以为……小宝宝每天会一直睡觉的……"

渚阿姨说着，把脸埋在了沙发的靠垫里。她该不会是哭了吧？想到这儿，我又感觉有些害怕。不过稍等了一会儿后，我便听到了渚阿姨熟睡的鼻息声。我悄悄靠近婴儿床，小海睡得特别、特别沉，就好似没有在呼吸一般。他的眼角却还留着泪痕。真可爱啊，我忍不住想。可是，我又有点儿担心——他还在呼吸吧？我伸出手放在小海鼻子下面感受了一下。可爱的鼻息吹到手指上。我总算放心了，原地蹲下了身。渚阿姨说得没错，小海总算是睡着了，所以她只是一时忘记了要把保险扣打开——我这样告诉自己。

渚阿姨和小海一直睡到傍晚也没醒。我今天去补习班的便当怎么办呢……但是，熟睡的渚阿姨如果被我喊起来做饭，这也太可怜了。没办法，我今天买个汉堡吃吧。想到这儿，我从渚阿姨的钱包里借了一千日元。本来，我是准备把找零全还回来的，可没想到那一晚出了大事。

"你没给他做晚饭就让他去上课？你什么意思啊？"深

夜，爸爸的吼声从客厅传来，把我惊醒了。

"我也很累啊！根本没劲儿了好吗？"渚阿姨的喊声中还混杂着小海的大哭声。

"不要！"我从儿童房里飞奔出来，对着站在客厅正中间的爸爸和渚阿姨大喊。

我好想哭啊。又是这样，大人的争吵如出一辙。

"阿想，你回屋去！"连这句话也是一样。

"再说了，连声招呼都不打，就从我钱包里拿钱走了，这更说不过去吧？"

对，是我太糊涂了。从她钱包里拿钱和还她找零的事，我都给忘了。

"都是我的错。我不该忘记说……是我从渚阿姨的钱包里拿了钱。"

我哭了。明明都念小学四年级了，但还是哭得像个小孩子。爸爸把我赶回了儿童房。屋门啪的一声关上了。爸爸和渚阿姨的吵架声一直没有停，小海也一直在哭。最近到了晚上经常这样。不关我的事，他们也要吵。渚阿姨和小海都没法睡。所以，到了白天她才会忘了我回来的事，一觉睡过去。一定是这样的。我伸出手捂住耳朵。为什么有我在的这个家，总是会这样呢……

从第二天开始，就算我回家，也打不开门了。

肯定是渚阿姨为了照顾小海，太过疲惫所以睡着了吧。我决定这样想。于是我又去公寓入口处读起了书等着。傍晚，差不多下午过 5 点，家门又好似无事发生一般打开了。我没说破这件事，就只说了声"我回来了"，然后就回了自己房间。可是，渚阿姨看上去却有些冷淡。一定是因为我在家里，搞得她没法好好睡觉。我很吵，还会把小海闹醒……类似的理由我找了很多，但总感觉有些鲠得难受。明明都是成年人了，怎么还像个小孩子似的啊……我想。

其实，我应该去爸爸店里等着比较好。但是他一旦知道渚阿姨不让我进家门，这又会成为他们争吵的诱因。就这样过了几天——

"怎么又是你？"我转过头，上次见到的那个老奶奶就站在旁边。

"我和你一起回你家吧？"老奶奶说。

但我表现得很抗拒。

"小宝宝夜里会哭，妈妈睡不了。我想让他们白天这会儿好好睡，所以一直到傍晚前我都要待在这儿。"

"不许这样像个大人似的讲话！"

老奶奶好像生气了一般说，随后，她有些后悔似的轻轻咬住嘴唇，接着仿佛在思考些什么，伸手按住了太阳穴。今天她指甲的颜色变成了略带青色的粉红。

"……真没辙，那你在我房间等等吧。"

欸，欸？我这样推辞，但她仍抓住了我的胳膊。总感觉一旦去了老奶奶家，又有可能要发生什么麻烦事。可是她力气好大。我一路好似被她拖着到了家门口。老奶奶打开房门，门上似乎挂了个风铃，叮当作响。

老奶奶一把将我身上的书包扯下来，然后扔在了走廊上。走进客厅，总感觉有一股很强烈的味道。但不是什么奇怪的味道。

老奶奶的房间格局要比我们住的那一户更狭小。客厅正中间摆着一张巨大的木桌子，上面层层叠叠堆着很多旧书，看上去摇摇欲坠。靠墙全是书架，书架前摆着些画到一半的画作。这些可能是用油画颜料涂的吧，那个味道的源头就是这些画材。我看着那幅画到一半的作品（只是把整一面都涂黑了而已，所以看不出画的是什么），又看着书架，见我左看右看，老奶奶说："这些书你都可以随便看，虽然没法让你借走。"

"那个，我能先洗个手吗？"

"哦，是哦。眼下这时代真是麻烦。"

说罢，老奶奶便转身去洗脸池边，我们两个人肩并肩洗了洗手。见我用手掬水漱口，老奶奶不知从哪儿找来一个绘着大象模样的塑料杯子递给我。杯子上用记号笔写了"三四郎"三个字。

"这是我去世的那个当家的用过的杯子。"老奶奶一本正经地说。"当家的",意思是和老奶奶结婚的那个人,这个词我可是知道的。我返回到书架前。

"你喜欢读书吗?"

"是的。"

我虽然这样回答,但是这儿似乎没有我能读的书。有些书的书封已经黑黢黢的了,都不知道书名是什么,而且还有很多英文书。

老奶奶看着我又说:"大部分都是三四郎的书,他死了之后留了这么多呢。"

说着,她就向厨房走去。过了一会儿,老奶奶端了一个银质的托盘回来。她一边把我让到沙发边坐下,一边说道:"来吧,喝点儿红茶等等吧,还有曲奇饼干。"

"那我不客气了。"我说着端起那只绘着很多小花的红茶杯,凑到嘴边。

红茶从端上来就是放了砂糖和牛奶的,真好喝。曲奇饼干做成了小小的甜甜圈形状,稍微有点儿潮了,但是也很美味。

老奶奶并未在意我,径直坐在了画布前开始作画。看来这幅画并不是纯黑色，是我误会了。在画的下方，一片鲜红的火焰打着旋。

"我在画那天的夜空。"我什么都没问，奶奶却这样对我说。

"那天的夜空？"

"……没错，画的是战争结束那年，东京燃烧的夜空。"

我知道日本发生过战争，但总觉得那是离我非常遥远的一件事。

老奶奶似乎注意到我的沉默，于是凑近我的脸，低声说："燃烧弹落下来，东京的街道全都着起了火。"

"……燃、燃烧弹？"

听我这样问，老奶奶又把另一面画布拿给我看。那画上有银色的飞机，像毛毛虫肚子一样的地方大开着，小枝条一般的东西从空中落下。

"就和天上下了火一样。这东西落到哪儿，哪儿就是一片火海。"

说着，老奶奶脱下了袜子给我看。她的脚腕上似乎有火烧的痕迹，不过应该是很旧的伤了。

"我当时差不多就是你这么大……这个伤就是当时受的。"

"……"我沉默了，不过随后还是开口问："请问……您为什么要画这种画呢？"

"……"这回轮到老奶奶沉默了。

是不是问了什么不该问的啊？我不由得心里打鼓。

"谁知道呢？总感觉不趁现在画出来就会全忘了。"老奶奶说着，再度动起了画笔。

我不想打扰老奶奶作画，于是坐在她身后的沙发上，读起了从图书室借来的《星座图鉴》。老奶奶也不再说话了。我偶尔会看看画布，那幅画正在逐渐完成，而我就只是沉默着，观望着。

到了晚上 5 点，我回家了。

保险扣解开了。我就像刚从学校回来一样说了声"我回来了"。渚阿姨看上去还是很困的模样，很小声地说了句"欢迎回家"。关于佐喜子（我准备告辞的时候，老奶奶把她的名字告诉我，还说以后不要再喊她奶奶了）的事情，我自然不会告诉渚阿姨。万一说了，可能又要发生像之前那样的麻烦事了。一直到出门去上补习班，我都在自己的房间里待着。我也不再靠近睡在婴儿床里的小海了。到了要出门的时间，渚阿姨会表情略有些僵硬地把包着便当的小包塞给我。

"……谢谢您。"我说。

渚阿姨又回了我一个不自在的笑容。

自那以后，我就在佐喜子奶奶家消磨时间了。

不过，每次我从学校回来，都会先去趟自己家，确认一下保险扣有没有解开，发现还是没解开，就长长叹口气，再去佐喜子奶奶家。奶奶端给我的点心从潮乎乎的曲奇，变成了巧克力或糖果，还有各种小点心。该不会是特意为我买的吧？想到这儿，我还挺高兴的。因为这就意味着佐喜子奶奶不讨厌我来她家待着。我就始终坐在老旧的沙发上，读着从图书室借来的书，佐喜子奶奶则一直在画画。我们也不怎么聊天。我有时会看一看佐喜子奶奶逐渐完成的作品，到时间了就回自己家去。

"我说，东京以前是因为战争发生过火灾吗？"在常去的那间图书室里，我问中条。

"嗯，有啊。东京大空袭。"

连这种事情也不知道吗？——中条从不会露出这种表情，我为此很佩服他。

中条在书架间踱着，找来一本书给我。那是给小孩子读的《东京大空袭》漫画。中条翻开书页，展示给我看。飞机……不是，是轰炸机。那个在东京投下许多燃烧弹的轰炸机好像叫 B29。就像佐喜子奶奶画里的那样，从 B29 的机腹位置零散投出很多细长的燃烧弹，从城市上空坠落。在"城市顿时陷入一片火海"的解说词下，是大人和小孩都被大火包围的画面，看上去非常痛苦。那场面令我十分恐惧。随后，我想起了佐喜子奶奶身上的烧伤。这画面之中，就有当年才十岁左右的佐喜子奶奶啊……想到这儿，我突然感觉自己的脚也仿佛被火烧伤一般，钝痛起来。

"一晚上死了十万以上的人呢。"

"欸，那么多？！"

"可是，战争就是这么回事呀。"中条平静地说。

"好可怕啊。"我一边说着，一边觉得自己这个感想听上去好蠢。

"可是，现在日子过得不也像在打仗吗？"

"欸？"

"现在不是防空头巾，而是口罩。"中条指了指放书的位置。

"我们，现在和谁在打啊。"

"不是在和新冠这种未知的病毒打吗？听说全世界范围内因为这种病毒已经死了五百多万人。"

"……这样啊。"

我虽然这样回答，但是中条说的话，我其实并不能很好接受。

因为，病毒这种东西眼睛又看不见，我周围也没遇到过因为感染新冠去世的人。所以我感觉，还是那个飞过来要把人烧死的 B29 更恐怖吧。

那一晚，我被一场噩梦魇住了。

梦中的夜空飞着很多很多 B29。我没听过空袭警报的声音，但是能听到很遥远的地方传来火灾的警报声。我戴着防空头巾，和家人走散了。我独自被汹涌的人潮裹挟着。我躲着大火前行，可是近在咫尺的家宅和人都燃烧了起来。在梦里我甚至能感受到灼热。父亲、渚阿姨，还有小海都不在，只有我一个人。我该怎么办啊？小海他没事吧？就在这时，一个熟悉的面孔出现在我眼前，是妈妈。只有妈妈不是穿着过去的服装，而是现代的装束。她也没有戴防空头巾，而是像要去上班一样快步走着。妈妈的头顶掉下一颗燃烧弹。她的身体顿时被大火包围了。

"妈妈！妈妈！"我的眼泪淌了下来，我大叫着，随后便醒了。

可能是我声音太大了吧，儿童房的门开了，爸爸走近我的床边。

"阿想，怎么了？"爸爸在我床边坐下。我能听到客厅那边传来小海的哭声。那声音好似警报一样洪亮。

"我、我想见妈妈。"

我说妈妈，指的不是渚阿姨。爸爸立即意会了。

于是他摸着我的脑袋说："这周日就能见到了呀。"

"还想多见，还想再多见见……"我像个小孩子一样哭了起来。

爸爸一脸为难地看着我。但是，我说的都是真心话。

"阿想！"

在常去的那座公园里，有一个漂着些天鹅划艇的池塘。我站在池边，远远就看到妈妈身穿白色罩衫，正用力对我挥手。

"妈妈！"我几乎是嘶吼一般喊着。妈妈向我跑了过来。我一头扑进妈妈张开的双臂中。妈妈身上的香味还和我们一起生活时一样，一点儿没变。

我像个小孩子似的，喂池塘里的鲤鱼，还缠着妈妈带我去坐天鹅划艇。我和妈妈并排坐着，划着船。我嘴里一刻不停地讲着，中条的事，还有这个夏天中条爸爸可能会带他去露营的事。我没提渚阿姨和小海。当然，我也没提每天会在一个叫佐喜子的老奶奶家待到下午 5 点的事。

"阿想，你在补习班特别努力是吧。"

"嗯。"

"你爸爸在电话里跟我说了哦。"

我不知道爸爸和妈妈还会打电话说这些，所以很吃惊。

"嗯，不过我……我就读个普通初中就好。我其他的朋友也都会去那里的。"

"你学习成绩那么好，只读普通初中太可惜了啊。"妈妈这样说道，一边掏出手帕擦着额头的汗水，一边用力划着船桨。

这艘船就只能划三十分钟。我真想和妈妈一直一直在池塘上划船啊。一想到要和妈妈分别，我就感觉心沉得像铅。

不过，我还是从船上下来，和妈妈手牵着手，向着轨道对面的妈妈家走去。自从妈妈与爸爸和我分开，就独自住在单间公寓里。到家之后，我立马跑去阳台，看到了那棵发财树。比起我们三个人生活在一起时的样子，比起从电车那边看过来的样子，它实际要长大了很多。我拿起摆在阳台一隅的喷壶，给发财树浇起了水。

厨房飘来很香的味道。妈妈逐一将做好的饭菜端上了桌。汉堡肉、生姜烧肉、炸鸡块……全是我爱吃的。我其实吃不了那么多，但还是一直吃到肚子都快撑破了。

吃过晚饭之后，我和妈妈一起玩起了纸牌游戏。我们玩的一直都是"神经衰弱"[1]。妈妈的眼睛总像猫咪一样闪着光。和我玩游戏的时候，妈妈一向特别认真，简直像个小孩子。我瞥了一眼墙上的钟表，差不多得离开妈妈家了。我突然感到一阵寂寞，下意识脱口而出："真想和妈妈住在一起啊……"

---

1 "神经衰弱"：一种扑克牌玩法。将牌扣放摆开，然后翻开两张（或四张），找出同数的牌，得数多者获胜。——译者注

这句话就好似在自言自语一般。妈妈手上的动作停住了，她伸直手臂，温柔地轻轻捏捏我的脸颊。随后端正了一下坐姿，回答我："阿想……真对不起，都是爸爸妈妈太任性，害你受苦了吧？"

"没有啦……"

一直到傍晚都被拒之门外的事，我无论如何都开不了口。一旦说出口，肯定会让妈妈担心。

可是，为什么我不能和妈妈一起住，只能和爸爸一起住呢？为什么必须要离开妈妈才行呢？真正的缘由，我并不清楚。爸爸和妈妈什么都没跟我讲。突然之间，我就开始与爸爸和渚阿姨一起生活了。可是，说实话，我也很怕去问。而且就算问了，妈妈和爸爸应该也不会都告诉我的。

"可是我觉得，要是没法和妈妈一起生活，那我想再多见见妈妈……"

妈妈抚摸着我的头，我喝了一口变得温暾的麦茶。

"妈妈呀，现在工作特别拼命，很多时候连周末都没法休息。妈妈生了阿想之后，就一直在家待着，对吧？所以啊，妈妈都还没有适应工作呢，妈妈必须得比别人再努力一些，更努力一些才行呢。"

妈妈现在的工作是护士，和爸爸结婚前她就做这一行。虽然不知道她工作的具体内容是什么，但每次见到妈妈，她大多一脸疲惫，所以能猜到是非常辛苦的工作。

"那个……阿想，等到阿想成了大学生，我们再一起生活吧？所以现在只能让阿想忍着寂寞了。在那天到来以前，妈妈会一直努力的。"

"欸，就是说，我将来能和妈妈一起生活？"

"……不过只要你爸爸点头了，就好。"妈妈的音量突然小了下去。

我开始不安起来。要是我和妈妈住在一起了，爸爸会变成什么样呢？我好不容易有了小海这个弟弟……想到这儿，我更不安了。我简直就像在爸爸和妈妈之间摇摆不定的不倒翁一样。正在这时，中条那句"这是我们子女应有的权利"突然在我耳畔响起。虽然太难的事我也不想听，不过总有一天，我得问一问爸爸和妈妈分开的原因。不过要问出口，也是很久、很久之后的事了。

"不过，我也不想离开小海。"

听我这么说，妈妈露出一个哭笑不得的表情。我说要和妈妈一起生活，还说不想离开小海，这些都是我的心里话，可是心里话说得越多，就越给妈妈增添苦恼。决定和妈妈分开生活的时候，我其实就已经做好这方面的准备了。可我一看到妈妈的脸，总是忍不住吐露心声。不知为何，我总会让妈妈为难。明明分离的那天我就在心底里发誓，自己真正的想法决不会再和大人们讲出口了。

未来，我或许真的能和妈妈一起生活。那样会很开心，但是一想到那样的未来也可能不会来，我就感到恐惧。

"我要回我家啦。"

"回我家"这个说法或许会让妈妈伤心吧。不，是一定会让妈妈伤心的。要是问"你想回你家吗"，那回答一定是"不想"。可是，不回家爸爸就会担心。妈妈说要把我送到车站，但我告诉她我要自己回去。

"不过，我在电车里会冲这边挥手的，妈妈也在阳台对我挥挥手呀。"

说完，我就告别了妈妈。我找了一个能看到妈妈公寓的门旁。电车很快发车了，我看到了她住的公寓。看到了阴暗的阳台上妈妈和发财树的轮廓。我丝毫不在意周围人的目光，拼命地对着那里挥手。我看到妈妈也在挥着胳膊。可是不管我怎么用力去看，都看不清妈妈的表情。

总感觉，佐喜子奶奶的画看不出到哪一步算画完。

黑暗的夜空里，那片黑色不断地被涂得很厚、更厚。

我不时抬眼看看那幅画，坐在沙发上读着《夏季星座故事》。在希腊神话中，活跃着一位名叫赫拉克勒斯的英雄。他手执粗棍棒，用双臂绞杀吃人的狮子，将它的毛皮披在身上。

我合上书本问佐喜子奶奶："请问……"

"怎么啦？"佐喜子奶奶手中的画笔并没有停下。

"那天晚上东京大空袭的时候，能看到星座吗？"

"……"佐喜子奶奶无言地抬起画笔指了指画布。

"火焰之上一定是有星座在闪耀的。"她说罢，单手端起红茶杯，咕咚喝了一口，好似在喝酒。

"灼热的火焰说不定会把星座烧得四散开来呢，就像这样……"

漆黑的夜空中能见到点点星光。但它们的确没有摆成星座的模样，星与星之间的连接线仿佛融化了一样，瘫软松弛的白色线条纵向走着。

"……"

一想到那灼热的火烧死了那么多人，我就什么话都说不出口。如果那天还是孩子的佐喜子奶奶死于大火，那我眼前的这位佐喜子奶奶就不存在了，我被渚阿姨关在门外，该在哪儿度过这段时间呢……漫长时间的流逝，无数人的痛苦，世间的那些近乎偶然的存在……这一切仿佛全部涌进我的身体中，我感觉有些晕头转向，于是慌忙喝了口甜甜的红茶，又咬了口小饼干。

看我这个样子，佐喜子奶奶摸着我的头坐在了我身边。两个人沉默着，凝视着她的画作。深黑的夜空，从 B29 上落下的无数燃烧弹，燃烧的城市，还有融化的、四散的星座。我想，我恐怕一生都不会忘记这幅画。

"好了，这幅画儿画完了。我这回总算可以没有遗憾地去养老院了。"

"养老院？"

"那儿住着很多老爷爷老奶奶，大家一起生活。"

"欸……那，这幅画该怎么办呢？"

"估计没人会想看一个业余人士的画吧，这画也没什么价值……"

我环视着眼前摆放的众多画布，其中大部分画的是阴暗的夜空，只有尽头的一张画的是蓝天。这是我来她家第一次见到的一幅画。

"那，您为什么要画下来呀？"

"是为了不让我自己忘记……老成我这样，记忆会一点点变稀薄，所以这幅画就是只为我自己画的。"

"我是不是再也不能来这儿了？"

"……"佐喜子奶奶沉默了一会儿。

屋外，或许是阳台那边，传来鸽子的叫声。

"因为我马上就不在了呢。所以啊，我得去和你爸爸妈妈说一下你的情况。"话音一落，佐喜子就站起身，拿起我刚刚注意到的那幅画着蓝天的画，坐回到沙发上。

"这幅画，画的是战争结束的那天。燃烧弹已经不会再落下。太阳亮堂堂地放着光，我那天才注意到知了的叫声。"

画面那蓝色的天上，挂着天明后仍未退去的白色月亮，还有一只小小的不知飞向何处的知了的身影。

"在那个黑乎乎的夜晚，我爸爸、妈妈和妹妹全都没了……不过啊，不论有多难，只要活着，一定会遇到好事的。"

佐喜子奶奶是在对我说，但感觉她更像是在对自己说。

"我们约定好，不管有多难，都不可以中途放弃哦。虽然难过的总是小孩子，但是只要活下去，一定会遇到好事的。我和你在这里相遇就是好事。或许某天我会遗忘，但我会尽量不忘记你的。"

她说着，伸出了满是皱纹的小手指。我也伸出手指，和她拉钩。拉着钩，我忍不住流下眼泪，在佐喜子奶奶膝头大哭了一场。墙上时钟的指针指向傍晚5点，我借用了一些纸巾擤擤鼻涕，对佐喜子奶奶说："该回家了。"

"嗯。"她没有出声地点了点头。

"阿想！"爸爸抓着我的肩膀用力摇晃。

"你去哪儿了呀！把我担心坏了！"

"那个……我、我在佐喜子奶奶的房间。"我话音刚落，原本站在我背后的佐喜子奶奶就走到爸爸面前。

"这个小孩子进不了家门，很苦恼，所以就在我家待了一会儿，就这么简单。"

　　爸爸转过头。身后抱着小海的渚阿姨和爸爸两个人的脸色都瞬间变得很严肃。

　　"这真是，抱歉抱歉……给您添麻烦了，真对不起。"

　　爸爸说着便把我整个人往屋里扯。我希望爸爸能对佐喜子奶奶再多道谢几句的，他却立即把门关上了。我不想爸爸把佐喜子奶奶当成可疑的人或者怪人。

　　"她看我一直很苦恼，所以就帮了我。"

　　"一直？你是从什么时候起进不了家门的？"

　　"……"我噤声了，于是爸爸注视着渚阿姨。

　　"不是的，爸爸，渚阿姨没做错什么。小海晚上会哭，所以渚阿姨白天实在起不来……"我盯着走廊的一小块儿地方说着。

　　爸爸就那样和渚阿姨互相对视着。小海似乎也觉察到了他们两人之间不寻常的气氛，于是在渚阿姨的臂弯里打着挺大哭起来。整个房间只有小海的哭声回荡着，再无其他。空气越来越凝重，我简直想用很大的吹风机把这片沉郁吹跑。

　　到了该去补习班的时间，我走出房门，爸爸递给我一个纸包道："今天的便当就用爸爸店里的吃的对付一下吧。"

　　去补习班前，我跑到一楼最顶头，按了按佐喜子奶奶家的门铃。可是没有反应。按了很多次，结果都是一样的。

那晚，伴着小海的哭泣，渚阿姨也一直在拉长声音不停地哭着，哭了很久很久。到深夜，渚阿姨来到睡着的我身边："阿想，真对不起，真对不起……"

我好像感觉到她这样说了，但不知道这究竟是我的梦，还是现实。

从那天起，爸爸店里做的食物就成了我去上补习班的晚餐。保险扣也没有再扣着，我能回家了。不过快速看一眼小海之后，一直到去上补习班前，我都是在自己的房间度过的。

某天，渚阿姨走进我房间道："阿想，真对不起，真对不起……"

这次的确是真实发生的了。

"妈妈没错，什么错都没有。"我说。于是渚阿姨哇的一声哭了出来。见她这样哭，我不知道该如何是好。我好像是第一次毫不犹豫地对渚阿姨喊出了"妈妈"这个称呼。

去补习班的路上，我从电车里望向妈妈住着的那个房间，屋里果然还是没开灯。我不知道和妈妈一起生活的未来会不会来，那或许只是无望的期许吧。我想变得强大一些，再强大一些，强大到倘若那未来真的没有来，也不要紧。因为只要活着，就一定会遇到好事的——佐喜子奶奶说过的这句话，此刻就回荡在我耳畔。

补习班结束后，走进车站，我看到爸爸站在检票口。他什么都没说，我们两个人肩并肩在商店街上走着，然后他突然开口道："骑到我肩膀上吧！"

"不要啦。"我虽然拒绝了，但是爸爸没听我的。

要是被同学看到可就丢人了，我这样想着，但已经被爸爸抱到了肩膀上。商店街两侧铃兰形状的街灯就在离我头顶很近的地方。一盏又一盏灯过去了，仿佛从天上落下的月亮。

爸爸起初一直沉默着，这时，他的声音从下方传来。今天爸爸身上没有酒气，这阵子一直都没有。

"小渚妈妈她呢，第一次生宝宝，身心都有些疲劳。所以，她要去外婆那儿住一阵子。"

"小海也去吗？"我冲着下方问。

"小海也去。"

"过一阵就会回来吗？"

"稍微休息一阵子，就会回来的……"说完，爸爸再次陷入沉默。我也默默地坐在爸爸肩上摇晃着。

"离婚的事、阿想没法和真正的妈妈一起生活的事，还有小渚的事，你有这么多烦恼我都没察觉，真是对不起啊，阿想。"爸爸说着，紧紧抓着我的双脚。那双手比佐喜子奶奶的小指热得多了。

"爸爸……"

"嗯。"

"我很喜欢渚阿姨，不是，是妈妈，还有真正的妈妈，还有小海，我都特别喜欢。"

爸爸停下了脚步。我们走过了商店街的主干道，跨过轨道进了小路。行人也突然变少了。

"那个老奶奶，她叫佐喜子。我也特别喜欢佐喜子奶奶，因为她帮助了我。"

我一边说着，一边回忆着佐喜子奶奶。自那天起，我就再也没有见过她，或许她已经去了那个叫"养老院"的地方了吧。

"我也非常喜欢爸爸。我的身边，全都是我喜欢的人。"

听到我这样讲，爸爸嘴巴里突然发出"呜"的怪声。我慌忙低下头，发现他正闭着眼，像个小孩子一样抬起胳膊用手臂擦着眼睛。我又慌忙开口，伸手指向天空。

"啊，你看你看，爸爸，那个一定是织女星。"虽然我没什么信心，但还是这么说了。

很快，织女星被墨色的流云挡住，看不见了。但是，它没有像佐喜子奶奶经历的那个夜晚那样被火焰融化，真是太好了。中条说，新冠肺炎疫情就好似战争。但至少，眼下这座城市没有落下燃烧弹。就算被浮云挡住，星辰之间依然被看不见的线坚实地维系在一起，保持着星座的形状。我的家人们，一定也是一样的。

"要是暑假能去哪儿看看星星就好了啊。"我说，虽然在疫情期间可能没法实现。

"我们爷俩偶尔去看个星星也挺好的……不错，我想想哪儿能去。"爸爸说着，脚下加快了步伐。

一颠一颠的震动搞得我痒痒的，于是我笑了起来。

我坐在爸爸的肩膀上，对着夜空伸出手。

云彩飘走，织女星再度闪耀起来。我仿佛将它抓在了掌心，又假装塞进嘴巴里，咕嘟一声咽下。星星现在在我心里了。

我又想起了渚阿姨，想起了妈妈，还有小海和佐喜子奶奶。我在心底里偷偷发誓，等到渚阿姨回来，我一定要大声对她说："妈妈，欢迎回家。"

参考文献

《天空地图：人类是如何描绘头顶那片世界的？》，安·鲁尼（日经国家地理社）

《星星与神话：故事中的星星世界》，监修：井辻朱美，摄影：藤井旭（讲谈社）